彩雲国物語
Fan Book
彩なす夢のおわり
原作
雪乃紗衣
イラスト・漫画
由羅カイリ

目次

スペシャル対談

桑島法子×雪乃紗衣

『彩雲国物語』の作者・雪乃紗衣先生と、物語の主人公・紅秀麗を演じた桑島法子さん。「オフィシャルで対談をするのは初めて」というお二人に、ココだけのお話をしていただいちゃいました！

くわしま・ほうこ

12月12日生まれ、岩手県出身。青二プロダクション所属。少年から大人の女性まで役柄を問わず、演技の幅は広い。出演作品は、「宇宙戦艦ヤマト2199」森雪役、「薄桜鬼」雪村千鶴役、「ハートキャッチプリキュア!」明堂院いつき役、ほか多数。宮沢賢治作品を朗読する講演会「朗読夜」を開催するなど、多方面で活躍中。

桑島　雪乃先生、お久しぶりです！　さっそくですが、3月に発売された単行本『彩雲国秘抄　骸骨を乞う』、拝読しました。

雪乃　え、いきなりソコからですか（笑）。ありがとうございます。

――今回ご登場いただいた紅秀麗役の桑島法子さんと、原作者である雪乃紗衣先生が対談されるのは、ひょっとして今回が〝初〟ですか？

雪乃　こういう形できちんとお話しするのは初めてですよね。

桑島　はい。以前、アニメ『彩雲国物語』のWebラジオで、雪乃先生に出演をお願いしたことがあるんですが、そのときは二人きりではなかったですし（笑）。

雪乃　……あ、ありましたね、Webラジオ。その節は大変お世話になりました。あまりの緊張に何を話したかもうろ覚えです。あのときは本当に皆さんに申し訳ない気持ちになってしまって……。

桑島　どうして？

雪乃　傍で見学だけのはずが、いきなり出る話になったので、心の準備も何もなく……闇討ちみたいな（笑）。口下手な引きこもり作家が、人前に出て喋ったりしちゃだめだなって、あとで自己嫌悪に陥りました。

桑島　いえいえ、そんなことないです。全然、落ち込む必要なんかないですよ！　でも雪乃先生とお話しするといつも、「この人はどこまで真面目なんだ!?」って驚いてしまいますね。自分に厳しいというか、納得いくまでとことん追求するタイプですよね。

雪乃　その言葉はそのまま、桑島さんにお返ししますよ！　こんなにふんわりと可愛らしい方なのに、仕事も生き方もストイックだなあと尊敬しています。

桑島　な、なんだか背中がムズムズします（笑）。

――今回はCDファンブックということで、この本は大ボリュームのドラマCDとセットになっているのですが……。

桑島　この対談の時点だと、実はまだCDの内容を詳しく知らないんですよね。どんな感じになるんですか？

雪乃　いや、私もお任せしてるので詳しくは知らないんです。ただ昨

写真・疋田千里　ヘアメイク・豊田千恵(e-mu)

年、ビーンズ文庫のマメレージキャンペーンで書いた小冊子の中に「生ける悠舜、呪いの棺桶を走らす」という短編がありまして、あれを音で聴けたら面白いかも……と、担当にぽつりと言ったら、なんかどこかで準備が始まったとか、耳にした覚えはあります。だからドラマCDに、その話は入っているかも。

――はい。ばっちり入っている模様です！

桑島　えっ、私もその元になる小説を読ませていただいたことがあるけれど、あれは……ドラマCDにできるんですか？　その、いろんな意味で（笑）。

――鋭いです。原作にあたる小説版の登場人物が史上空前の大人数であることと、各キャラクターの行動があまりに激しく、かつ入り組んでいるために忠実再現は不可能ということで、ドラマCD版では、内容を音声用にかなりアレンジしたかたちで進めております。今しばらくお待ちください……。

雪乃　単なる冗談のつもりだったんですけどね……（汗）。まさか本当に実現されちゃうとは思いもよらず……。

桑島　でも原作の雪乃先生の小説はマメレージキャンペーン応募者の皆さんだけのお楽しみ（※）ですから、そちらをお持ちでない方も、この本でまた違う形の棺桶話（笑）に触れられるのはラッキーかもしれないですよ。

雪乃　それを願ってます……。でも桑島さん、あの棺桶話、秀麗の出番がすご～く少ないんですよ。

桑島　そうでした！　せっかく久しぶりの彩雲国なのに、ちょっとショック……。

――大丈夫です！　そんなこともあろうかと、もう一本、秀麗メインのシリアスなものをご用意しております。最新刊『骸骨を乞う』から一部、イメージをお借りした形のシナリオで鋭意作成中です。

雪乃　そ、そうなんですか。でもそれはあまりに両者のドラマ性に

（※）ビーンズ文庫マメレージキャンペーンに関しては、受付・発送ともに終了しております。
またこちらのキャンペーンに関してのお問い合わせは、お受けできませんのでご了承ください。

ギャップが……？　大丈夫なんでしょうか。

桑島　うーん、ますます楽しみのような、不安なような（笑）。

雪乃　お任せするしかない（笑）。一聴衆として完成を楽しみにお待ちします。

桑島　私も！

雪乃　いやいや、桑島さんは秀麗なんですから。久しぶりのCD、楽しみにしていますので、よろしくお願いします。

桑島　はい、頑張ります。

――さて『彩雲国物語』初のハードカバー単行本『骸骨を乞う』ですが、桑島さんはお読みになって、いかがでしたか。

桑島　いやもう……すごいものを読んでしまったな、と思いました。本編最終巻の『紫闇の玉座』上下巻を読み終えたときも、なんだか茫然としたのを憶えているんですが、今回も一気に読みふけってしまったし、気づいたら泣きながら頁をめくっていましたね。やっぱり私は、彩雲国が大好きだし、秀麗が大好きなんだなあと再確認しました。

雪乃　ありがとうございます。嬉しいです。桑島さんの言葉を聞いて、私も改めて、書ききった！　という気分になれます。

桑島　そうだ！　私、雪乃先生にお会いしたら、いろいろ訊こうと思っていたんです。どうして『骸骨を乞う』の文章では、劉輝を名前ではなく「王」とだけ書いたり、静蘭たちのことを「側近」とか、秀麗のことを「后妃」とか……、少し突き放したような書き方をされてたんですか？

雪乃　名前を出すと、それだけで存在感が増して、そっちに寄ってしまうので。それを避けたかったんです。……とはいっても、ここぞという所では、秀麗にもきちんと「秀麗」として登場してもらいました。彼女の存在がなければ、いつもと毛色が違うこの分厚い「裏・彩雲国」で、読者を引っ張って最後まで読んでもらうのは難しい……と思っていましたから。

桑島　実は私も、「この本のどこかに、私のまだ知らない秀麗がいる！」というのを心の支えにして読み進めたところがありました。なにしろ、あまりにいつもの彩雲国と違うので……。

雪乃　この本は、私が「『紫闇の玉座』のあとの悠舜と晏樹と旺季、それぞれの短編ならば書けるかも」と思ったのが始まりで、そうなると主役は秀麗たちではないな、と。だから文庫本編の書き方とは、意識的に変えた部分も多かったんです。結果的には、たとえば旺季を主役に据えて書いた話でも、旺季と劉輝の話になりましたし、劉輝の話であっても、秀麗との関係を描くことになりましたけど。

桑島　本当に……秀麗のことは、声を演《や》らせていただいた私ですら、「劉輝との結婚だけはないな」と思っていたくらいなので（笑）、『紫闇の玉座』のラストと『骸骨を乞う』には驚きました。

雪乃　実際に読んでみての印象は、どうでした？

桑島　良かったね、なんて感想は超越してしまって、ただもう「そうなんだ、そんなふうになったんだ」と、丸ごと納得ですね。

雪乃　なるほど……。

桑島　『骸骨を乞う』を読んでしまうと、彩雲国の大きな流れとか、政事や戦いの歴史の中では、秀麗なんて本当に、そのごく一部分を担っただけの、たったひとりの女の子に過ぎないんだな、と思い知らされますね。もちろん、秀麗が為し得たことは、他の人では成り代われないことばかりなんですが……。

雪乃　でも不思議なもので、私は逆に『骸骨を乞う』を書き上げてみて、「やっぱり秀麗や劉輝は主役だったんだな」と再確認できたんですよ。どんなに私が彼らの存在感を抑えて書こうとしても、出てくるだけで自然とスポットライトが当たるような感覚がありましたから。

桑島　あと、私がすごいなと思ったのは、ここまで徹底しておじさんばかり出てくる物語を、雪乃先生はどうして、こんなふうに胸に迫る筆致で書けてしまうのか、ということなんです。雪乃先生、本当はおじさんなんじゃないの⁉ と思ったり(笑)。

雪乃　すみません、おっちゃんばっかの小説で(笑)。でもせっかく初挑戦の形態の本なので、いつもと違う彩雲国を書けるんじゃないかと思って。少女小説だとナシな話でも、単行本ならアリなんじゃないかと。なので、そういう意味でも単行本で出してもらって、よかったと思っています。

桑島　私もこの作品は、単行本の形で一気に読むのがベストだと思いました。連作集ということですが、外伝というより、正しく本編のあとを継ぐものですよね。これを読まなきゃ彩雲国を語れないです。

雪乃　ありがとうございます。ゲームでいえば、クリア後のエンディングを見てから開く「裏ルート」という感じかも。話が重いので、読者が普通に本編の続きかなと読んでしまうと、リスクがある。それを極力減らしたかった。読んでも読まなくてもいいんです。ただ一目見て「本編とは何か違う」と思ってもらうための単行本という形でしたが……。一冊で読んでほしいのもあって、この先も単行本でお届けしたいと思っています。

桑島　そういえば去年、『骸骨を乞う』執筆前の雪乃先生と、偶然少しお話しする機会があったんですが、そのときに先生から「今度の本で、劉輝の株は更に下がるかもしれませんよ」って宣告されていて……。

雪乃　ああ、ありましたね。そしたら桑島さん、「じゃあ私、次の新刊は読まない！」って(笑)。

桑島　だって劉輝の株はもう、下がるところまで下がってるじゃないですか！(笑)　それなのに最終巻でギリギリちょっと上がったものをまた下げるなんて不憫で。雪乃先生ったら、ラストスパートであんなに劉輝ばかりいじめなくてもいいのに、と。

雪乃　劉輝は永らくほったらかして、育てそこねてしまったので、これは本編最後にガツンと酷い目に遭わなければ駄目だと思ったんです。それこそ秀麗が御史台にやられたことの三倍くらいコテンパンにされて成長しないと、肝心の秀麗にいつまでも振り向いてもらえないでしょ（笑）。

桑島　それでやっと報われたのに、『骸骨を乞う』では更に酷い目に遭うなんて、と心配してたんです。でも完成した作品を拝読したら……劉輝の株、下がるどころかグッと上がっていて、嬉しかったですよ！

雪乃　アレでも上がってるって思っていただけました？　それは良かった（笑）。でも執筆前の構想では、精神的ダメージから立ち直れない劉輝が、上っ面は頑張って最上治でも、中身は娘のせいで秀麗が死んだと思い続けるダメ王様まっしぐらな話になるはずでした。書き進めるうちに、その選択肢は消えましたけど。

桑島　よかったです、そんなバッドエンドが実現しなくて（笑）。しかし旺季がここまで重要人物になるとは思っていなかったのですが、彼の深い設定は、最初から決まっていたんですか？

雪乃　いえ。旺季と戩華王との過去の因縁は、初期からぼんやりとは考えていたんですが、登場した時点ではわりとよくある敵《かたき》役キャラで、彼がラスボスになる可能性はとても低かった。でも最終巻まで書き進めるうち、少しずつ変わってきた。考えてみると、劉輝が雌雄を決する相手として、彼より適任な人物がいないな、と。

桑島　縹瑠花とか……。

雪乃　瑠花じゃ劉輝は一発で負けちゃいますよ。

桑島　それはそうかも（笑）。私はずっと、旺季の下にいたスゴイ三人（悠舜・皇毅・晏樹）が怪しいって思ってたんです。

雪乃　実は私もそう思ってました（笑）。本編最終巻まで、どうするかずっと考え続けてました。悠舜には裏切りフラグが立ったままで、晏樹あたりも黒幕っぽかった。でもやっぱり「劉輝の最後の相手」と考えると、違う。晏樹なんて、劉輝のことなんかどうでもいいと思っていて、ちっともライバル視なんてしませんから（笑）。

桑島　『骸骨を乞う』では、謎の人・晏樹のことがよくわかって、感情移入して泣けちゃいました。あのお話だけ一人称で書かれているから余計に。

雪乃　よかった。一人称で小説を書くのはシリーズ初で、私としても思い切ったんですが……ホッとしました。

桑島　旺季は旺季で、負けた立場なのに劉輝に求められて。

雪乃　旺季にしてみれば、そこで戻れば戩華王・劉輝の父子二代に負けを認めることになる。ただ劉輝の方も、旺季に戻ってほしいと思いながら、ずっと旺季を追いかけていたい、という気持ちも強い。多分どっちもある。これは「骸骨」で見つけたことですが。

桑島　せつないですよね。旺季の戩華王に対する気持ちも。みんな相手への強い想いが一方通行のようで、本当にせつない。でも男だけなんですけど……女の子が入り込む余地のない世界なんですけど！（笑）

雪乃　うう、すみません。妙齢女子が少ない話で（笑）。

桑島　ちゃんと、一人前の「女」になった秀麗がいますから、大丈夫です！　そういえば『骸骨を乞う』の秀麗は、年齢を重ねているということを抜きにしても、「少女」じゃなくて「大人の女」になっていますよね。

雪乃　そうですね。子供を産んだとか、そういう事実とは何の関係もなく、母性のようなものを身につけたと思います。男性に対しても母性で接するあたり、「大人の女」かもしれません。

桑島　これも少女小説ではできなかったこと？

雪乃　というか、本編のまま、「少女」の感性のままの秀麗だと、おそらくあんな状態の劉輝のところには嫁にいかない（笑）。

桑島　そ、そうか！　うわあ、それは粘りに粘った劉輝が報われない！（笑）

雪乃　劉輝は三十代突入後も案の定、あれこれぐずぐずしてたので、見てる秀麗が先に成熟した感じがありますね……。弱さを受容して愛するという。

桑島　秀麗の場合、残された「ちょっとの時間」に自覚があったからこその早い成熟、という部分もきっとありますよね。

雪乃　ありますね。自分の寿命が長そうだったら、仕事最優先で恋愛や結婚なんか後回しにするタイプでしょうね。

桑島　ああ秀麗って、すごくそんな感じ！　それで結局、劉輝を放置して、他の誰とも結婚なんかしなくても「まあいっか」で済ませてしまいそう。

雪乃　それはそれで、本人は幸せだと思いますが……（笑）。

桑島　一読者としては、秀麗や劉輝の苦悩や頑張りを知っているからこそ、二人が幸せだったことを見届けられて良かったです。本編で数行だけ書かれていた「その後」が、こんな形で読めるとは思っていなかったので。

雪乃　私自身この連作で、『紫闇の玉座』とはまた別のスタンスで、彩雲国の物語に決着をつけたような、そんな気持ちになってます。

桑島　解放された気分？

雪乃　そう（笑）。しばらく充電期間にしたいですね。約九年間、ずっと彩雲国漬けだったので。

桑島　お疲れ様でした！　お暇があれば、たまには私のことも構ってくださいね（笑）。

雪乃　こちらこそ。今日はお話しできて楽しかったです！

――ありがとうございました。

ドラマCD ✿ キャストメッセージ

ドラマCDの収録は同窓会のような盛り上がり♪
収録後にキャストの皆様からコメントをいただきました!!

れほど久しぶりな感じはしないんですけど、大勢のキャストが集まって、みなさんのお芝居を聴くと、「懐かしいなぁ」という気分になりますね(笑)。『生ける悠舜～』は、いろんなキャストがお祭り的に出て来ては個性を発揮しているので、バラエティに富んでいて、これぞ『彩雲国物語』だと思いました。『めぐる季節』は、物語の終盤にあたる場面なので、一気にここまで飛んでしまうのか、とビックリするかもしれませんが、素敵なシナリオです。みなさんに楽しんでもらえるよう、がんばりました。また何かの機会に彩雲国にお越しになる際は、会えるのを楽しみにしています。

◉茈静蘭 役
緑川光さん

TVアニメをやっていたときも、ドラマCDなどでドタバタ劇をやらせていただいて、対照的なものを演じられるのが楽しかったので、今回の『生ける悠舜～』も楽しく演じられました。僕、個人的に黎深が好きなんですよ(笑)。悠舜は、登場は遅かったですけどインパクトがありますよね……静蘭と似たところがあって、タイプ的に嫌いじゃない(笑)。『めぐる季節』は、「悲しんではいけない」という気持ちで演じました。静蘭が悲しんだら、秀麗にも劉輝にも余計ツラい思いをさせてしまうので……。TVアニメの続きの物語も演じてみたいとずっと思っていたので、今回はまた『彩雲

◉紅秀麗 役
桑島法子さん

久しぶりの再会でしたが、時間の流れを感じさせませんでしたね。キャラクターが個性的で、それを自分のものにしてらっしゃる方々とご一緒できて、幸せな時間だなぁと思いながら演じました。『生ける悠舜～』と『めぐる季節』は、同じCDに収録されるとは思えない、天と地ほどに差がある作品で(笑)、でも両方できて嬉しかったです。『生ける悠舜～』はコメディの真骨頂で、『彩雲国』って実はこうだよね、というところがギュッと詰まっていると思います。私も大好きなお話なので、音声で聴くことができて嬉しいです。『めぐる季節』のほうは、台本をいただいて、まさかこの場面を演じることになるとは、と戦慄を覚えました(笑)。でも、これが本当の最終回だと思って、今は「終わった…」という充実感も芽生えています。スタッフの愛情が込められているファンブックで、『彩雲国物語』を愛している方々へ自信を持ってお届けできる一冊になっていると思います。

◉紫劉輝 役
関智一さん

TVアニメが終わってからも、ちょこちょこと劉輝を演じる機会はあったので、そ

は、悲しい内容ではあるけれど、どこか希望も感じたので、自分の中では悲しまずに演じました。聴いてる方も希望を見出していただけると嬉しいです。久しぶりに藍将軍を演じて楽しかったですし、また『彩雲国』を演じたいという気持ちがわいてきました。これからもドラマの世界を応援してください。

◉鄭悠舜 役
神奈延年さん

内容もおもしろいし、懐かしいメンバーと一緒に仕事ができたし、とても楽しかったです。本番中でも笑いをこらえるのが大変なほど、明るい収録でした。アニメ本編からずっと楽しんで参加できた作品ですが、特に今回のCDは笑える作品になっています。みなさんの心の中にある『彩雲国像』とズレることなく受け止めていただければ、僕たちも演じた甲斐があるし、嬉しいです。次の機会が訪れるよう、今後ともよろしくお願いします。

◉浪燕青 役
伊藤健太郎さん

先程、(桑島)法子ちゃんから完結した小説の内容を聞き、シビアな展開にちょっとショックを受けています……CDはこんなに楽しくやっちゃっていいのかな、と(笑)。でも、ファンブックならではの『彩雲国物語』ができました。原作が無事に完結して、ファンブックが作られ、そこにドラマCDがつくというのは、応援国』の世界に帰ってくることができて、とても嬉しかったです。

◉李絳攸 役
檜山修之さん

台本もおもしろいし、共演している仲間たちも楽しい連中で、傍から見ると緊張感がないように見えるかもしれませんが、オン／オフの切り替えがあり、スタジオの空気感も良く、いろいろな意味で楽しく収録できました。TVアニメの本編をやっているときも、ドラマCDでの絳攸は弾けキャラでしたよね(笑)。コメディ絳攸は僕の中では珍しい引き出しではないので、久々に演じられて楽しかったです。『めぐる季節』のほうは、本流の延長線上にある作品なので、本筋の絳攸という感じ。僕の中では違和感はないです。でも、この2作が1枚のCDに収録されるのは、激甘と激辛を同時に出されるようなもので……ぜひ時間をおいて聴いてください(笑)。

◉藍楸瑛 役
森川智之さん

『生ける悠舜～』は、今までやってきた『彩雲国物語』の良い雰囲気が踏襲されていて、レギュラーメンバーで収録できて嬉しいです。藍将軍はプレイボーイな面、フレンドリーな側近という面、尚且つ、絳攸とのデコボコ関係も描かれていて、ファンの方々にとっては「これが彩雲国だ!」と感じられるドラマになっていると思います。『めぐる季節』のほう

してくださったみなさまの愛情の賜物ですよね。僕たちもまだまだ演じ足りない気がしているので、末長くよろしくお願いします。

◉凌晏樹 役
千葉一伸さん

台本を読んだときから、家で何度も笑っていたんですよ。現場に来たらそれ以上で、テストから本番まで楽しくてしかたなかったです。TVシリーズは、晏樹がこれから活躍する、というところで終わってしまったので、また演じられて嬉しいし、もっとやりたくてしょうがない! 今回は、アニメ本編とはテイストが違うコミカルな世界を楽しんでいただければと思います。僕たちも楽しんで収録できたので、みなさんも肩の力を抜いて聴いてください。

◉紅黎深 役
真殿光昭さん

久しぶりの『彩雲国物語』、とても楽しませていただきました。これが最後になってしまうのは残念なので、また『彩雲国物語』の世界が続いてくれたらいいですね。そして一つ言っておきたいことが……。ドラマCDの中で、秀麗に「おじさま」と言われていますが、今回はみんなおじさんですから!(笑)　そんな馴染みのメンバーと阿吽の呼吸で演じられて、僕たち自身が楽しめたので、みなさんも聴いて大笑いしていただければと思います。

◉紅玖琅 役
置鮎龍太郎さん

TVシリーズでは登場回数が少なかったんですけど、印象的な作品なのでイメージは覚えていたんです。なのに、今回のドラマCDは別の作品なのかな?　と思うくらい賑やかでしたね……特に檜山さんが(笑)。長く続いた作品なので、ファンの方も大勢いるでしょうし、ファンの方々の中には、それぞれイメージした世界観があると思います。それを大切にしつつ、今回の楽しくて賑やかな世界観も楽しんでいただけたら嬉しいです。

◉紅邵可 役
池田秀一さん

いつもは地球の重力がどうこうという小難しいセリフが多いので、こういうホームドラマを演じると安心します(笑)。我が家に帰ってきたような気分になりますね。お父さん役というのも少ないので、嬉しいです。今回の台本ものどかで楽しくて……物騒な世の中になっているので、このCDが一服の清涼剤のような存在になると良いですね。ぜひファンブックのことを宣伝して、またみなさんにお会いできるよう応援してください。

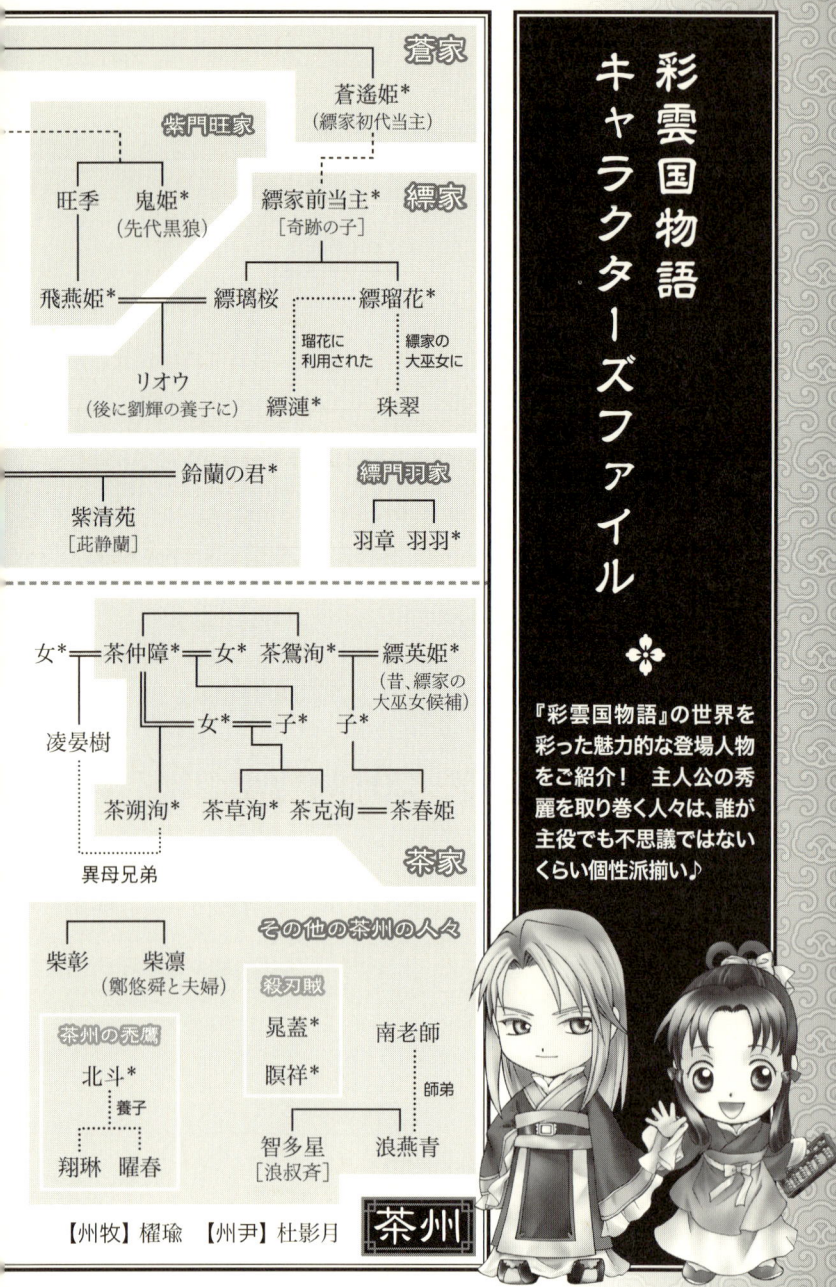

彩雲国物語 キャラクターズファイル

『彩雲国物語』の世界を彩った魅力的な登場人物をご紹介！　主人公の秀麗を取り巻く人々は、誰が主役でも不思議ではないくらい個性派揃い♪

蒼家

蒼遙姫*
（縹家初代当主）

紫門旺家

旺季　鬼姫*
（先代黒狼）

飛燕姫*

縹家

縹家前当主*
［奇跡の子］

縹璃桜　縹瑠花*

瑠花に利用された

縹家の大巫女に

リオウ
（後に劉輝の養子に）

縹漣*　珠翠

鈴蘭の君*

紫清苑
［茈静蘭］

縹門羽家

羽章　羽羽*

女*　茶仲障*　女*　茶鴛洵*　縹英姫*
（昔、縹家の大巫女候補）

女*　子*　子*

凌晏樹

茶朔洵*　茶草洵*　茶克洵　茶春姫

異母兄弟

茶家

その他の茶州の人々

柴彰　柴凛
（鄭悠舜と夫婦）

殺刃賊

晁蓋*

瞑祥*

南老師

師弟

茶州の禿鷹

北斗*

養子

翔琳　曜春

智多星
［浪叔斉］

浪燕青

【州牧】櫂瑜　【州尹】杜影月

茶州

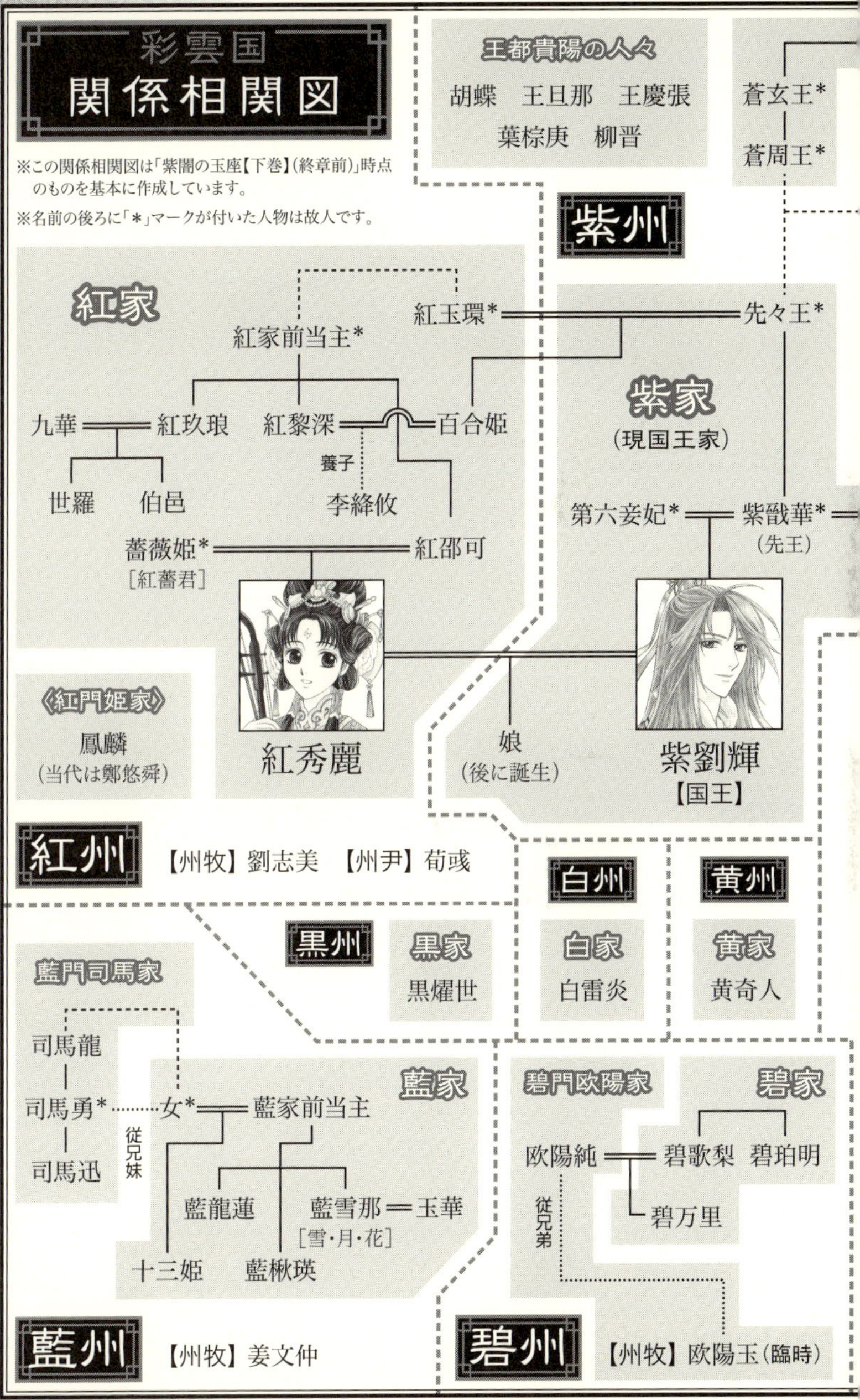
彩雲国
関係相関図
※この関係相関図は「紫闇の玉座【下巻】（終章前）」時点のものを基本に作成しています。
※名前の後ろに「＊」マークが付いた人物は故人です。
王都貴陽の人々
胡蝶　王旦那　王慶張
葉棕庚　柳晋
蒼玄王＊
蒼周王＊
紫州
紅家
紅玉環＊
先々王＊
紅家前当主＊
紫家
（現国王家）
九華
紅玖琅
紅黎深
百合姫
養子
世羅
伯邑
李絳攸
第六妾妃＊
紫戩華＊
（先王）
薔薇姫＊
［紅薔君］
紅邵可
〈紅門姫家〉
鳳麟
（当代は鄭悠舜）
紅秀麗
娘
（後に誕生）
紫劉輝
【国王】
紅州
【州牧】劉志美　【州尹】荀彧
白州
黄州
黒州
黒家
黒燿世
白家
白雷炎
黄家
黄奇人
藍門司馬家
司馬龍
司馬勇＊
司馬迅
従兄妹
藍家
女＊
藍家前当主
藍龍蓮
藍雪那
玉華
［雪・月・花］
十三姫
藍楸瑛
碧門欧陽家
碧家
欧陽純
碧歌梨
碧珀明
従兄弟
碧万里
藍州
【州牧】姜文仲
碧州
【州牧】欧陽玉（臨時）

こうしゅうれい

紅秀麗

彩七家の名門・紅家のお嬢様。といっても貧乏生活が長く、庶民派・節約家のしっかり者。ダメ王様・劉輝の教育係として妃の身分で後宮入りしたのをきっかけに、彩雲国初の女性官吏となる。数々の困難を乗り越え、劉輝の求愛を踏み越え(!?)、官吏の道を猪突猛進。

名門お嬢様のはずが…ド貧乏!

お嬢様だけど、家計を助けるために臨時の侍女や帳簿付けなどの賃仕事をしてきた秀麗。ダメ王様の教育係を引き受けたのも、高額報酬につられたともっぱらの噂。街では店の物価に目を光らせ、値切るのが通常運転。金持ちボンボンの服装にかかった費用は一目でピタリ賞。その観察眼や金銭感覚は官吏になっても活かされた。

王と官吏

劉輝が嫁にと望んでも、秀麗は王の官吏として忠義を尽くすことを選ぶ。劉輝への想いがないわけではない。大切だからこそ恋はしないのだ。そんな彼女の気持ちを慮り、劉輝はとことん「待つ」。咲かな

彩雲国とは…

秀麗達が働く朝廷組織と、出身の家柄について知っておこう!

◉彩雲国組織図

彩雲国国王

三師
太師、太傅、太保の三つの官職。実務には関わらない名誉職

四省
- 尚書省　法案の行政化
  - 六部
    - 吏部　官吏の人事
    - 戸部　財政
    - 礼部　教育、祭祀
    - 兵部　軍事
    - 刑部　司法・裁判
    - 工部　土木
- 門下省　法案の審査
- 中書省　法の立案
- 仙洞省　王家の婚姻など、仙学

秘書省
- 府庫　図書室

御史台
官吏の監察機関

禁軍
- 左羽林軍
- 右羽林軍

※六部にはそれぞれ尚書（長官）と侍郎（副官）がいる。

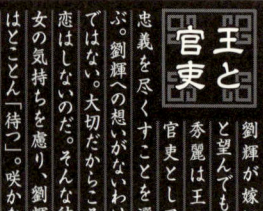

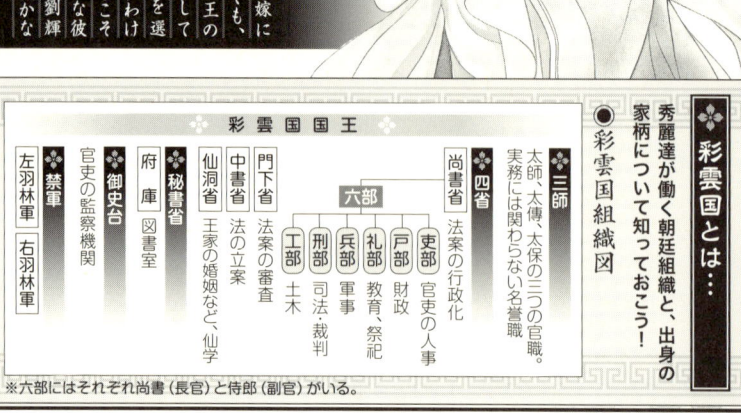

紫劉輝《しりゅうき》

彩雲国の国王。末の第六公子だったが玉座が転がり込み即位。わけあってダメ王様を演じていたところ、秀麗と出会い意識改革。王として、男として成長していく。劉輝治世は後世、最上治と称えられるが、彼がやや天然気味なことまで伝えられたのかどうかは謎。

愛情表現がズレまくり…一途!?

大好きな人にはワンコのように懐く、素直で寂しがり屋な王様。ただし天然ボケで世間知らずなため、愛情表現にやや問題が。求愛相手の秀麗への贈り物が手作り藁人形だったり、今宵「夜這い」を決行するとわざわざ彼女の父親に手紙を送ったり。でも「待て」は誰よりも優秀で、秀麗が振り向いてくれるのを一途に待ち続けた。

くなった庭院の桜が再び満開になり、秀麗に贈った苗木もゆっくり育っていくのを待つように。実に二人らしい愛の育て方だ。

●彩雲国の名家

彩雲国には八つの州があり（藍州・紅州・碧州・黄州・白州・黒州・茶州・紫州）、州名と同じ色の姓を持つ家が八家ある。王家の紫家をのぞく七家は「彩七家」と呼ばれ、彩雲国有数の名門として絶大な権力を誇る。

彩七家筆頭は藍家。某姫によると、藍家の男は無駄に強運に生まれつくらしい。藍家に次ぐ名門といわれているのが紅家。紅家の男は溺れるほどの情の深さを持つという。碧家は芸能に、黄家は商業にそれぞれ長け、白家と黒家は代々武将の家柄。茶家は彩七家の末席だが、紫劉輝の治世で学究の都として発展していく。

王家と彩七家にひけをとらない名家の縹家は、異能の力を持つ者を輩出することで知られる。

一方、初代国王・蒼玄王の血統を示す蒼の家系は、今はほとんど忘れられた存在だ。

藍楸瑛《らんしゅうえい》

藍家直系五人兄弟の四男。最初は文官になるが武官に転向、左羽林軍将軍に。生粋のお坊ちゃまで楽天的だが、王をとるか、藍家をとるかで苦悩した末に将軍職返上、藍家を勘当されたことも。国試の同期、李絳攸をからかっては嫌がられている。女性好きの「常春頭」。

モテモテだけど本命には…玉砕!?

数多の女性と浮名を流す罪な男だけど、初恋相手には告白できず、本命には玉砕続きと、意外に可哀想なのでお許しを。花街一の妓女には「イイのは口と顔とカラダと金回りだけ」と言われる始末。ご愁傷様。

下賜の花

王からの花を受け取れば、心からの忠誠を王に誓うことになる「下賜の花」。文武の若手随一の二人であった李絳攸と藍楸瑛は、王・紫劉輝が初めて花を贈った臣下、いわば側近中の側近である。贈られた花は二輪の花菖蒲。意味は「あなたを信頼します」。後に「双花菖蒲」と謳われることになる二人は、劉輝の最上治時代を支えた。

李絳攸《りこうゆう》

紅家直系次男・黎深の養い子。わずか十六歳で国試状元(一位)及第した才人だが、黎深には頭が上がらず、特に吏部侍郎時代は上司でもあった黎深に振り回されていた。とはいえお互い不器用なだけの両想い親子。秀麗とは師弟関係。彼女の父・邵可を敬愛する。

道はおろか、人生も…迷走!?

才人の彼には、“超”がつくほどの方向音痴という致命的弱点が。歩いて三十歩の距離でも迷うとは、もはや「立派な才能」。朝廷内はおろか夢の中、人生でも迷いまくった結果、彼はついに己の弱点を認めて「修行の旅」へ! そしてまた迷うのであった……。

家族の絆

朝廷争いに巻き込まれ、流罪に処された第二公子はその後、堕ちるところまで堕ち、笑顔どころか全ての表情を失くした。そんな公子を拾い育て、「茈静蘭」と名付けたのが邵可と彼の亡き妻だ。心身ともにボロボロだった静蘭は、邵可一家と小さな幸せを積み重ねるような穏やかな日々を過ごすことで感情を取り戻し、家族の絆を結ぶ。

茈静蘭《しせいらん》

紅家に仕える家人。邵可、秀麗とは家族同然。武官としてわざと暇な朝廷の米倉番人をしていたが、大切な人達を守る権限を得るため、羽林軍に入隊する。正体は、かつて流刑となった先王の第二公子・清苑。五歳若くサバを読んでもばれない年齢不詳の美貌の持ち主。

優しい笑顔の下は…腹黒！

涼しげな優しい笑顔と話術（という名の脅し）で報酬をむしり取ったりする要注意人物。浪燕青のように親しい者ほど腹黒静蘭の餌食になる確率が高い。彼が真実優しくする相手は、秀麗などごく限られている。

紅邵可《こうしょうか》

紅家直系長男。秀麗の父親。宮廷府庫管理という閑職でのほほん官吏を装っていたが、娘も知らない別の顔も持つ。知る人ぞ知る存在で、藍家当主の三つ子ほか慕う者は多い。生活能力はなく、「風邪なんか吹き飛ぶ」特製生姜湯を作らせれば、まず先に庖厨が吹き飛ぶ。

娘も裸足で逃げ出す…不味い！

無害な好人物と思わせて、歩く人間兵器の彼。一番の武器はおそらく死ぬほど不味い地獄の「父茶」。笑顔で飲み干せるのは紅黎深、紫劉輝、珠翠くらい。漢方を山ほど入れた特製健康茶だと思っている邵可は、悪気なく進んで淹れようとするから困りもの。

彩雲国 人物辞典

『彩雲国物語』に登場する注目キャラクターを一挙ご紹介！ ネタバレを含みますので、ご注意くださいね☆

※あいうえお順。但し、"家"の関係で前後している場合があります。

王慶張《おうけいちょう》

全商連認定の酒問屋・王商家の三男。幼馴染みの秀麗に想いを寄せるが、彼女がいまだに幼名の「三太」と呼ぶのが気に入らない。玼静蘭に対抗意識を燃やして無分別な行動に出たりする馬鹿息子だったが、成長し、本気で秀麗に求婚。初めてつくった酒を彼女に贈った。

王旦那《おうだんな》

全商連認定の酒問屋・王商家の主人。王慶張の父親。超高級酒と受験札を杜影月に届けた。陽月と杜影月の両方に会っているが、「少し感じが違いますね」の一言ですませる大人物。息子に縁談が殺到した場合、秀麗によれば「王旦那が選んだ女の子なら間違いないわ」。

欧陽玉《おうようぎょく》

工部侍郎。「顔が良いのが装いに手を抜く言い訳にはならない」が持論。髪をコテで巻き、ジャラジャラ飾り立てているがよく似合っている。欧陽家は碧門四家の一つで、碧州の地震で州牧消息不明の際、特例で碧州州牧就任。身に着けていた装飾品を取り去り任地へ向かった。

欧陽純《おうようじゅん》

碧歌梨の夫であり、碧万里の父。欧陽玉とはいとこ同士。温厚で人が好く、妻と息子を心から愛している。一見頼りなさそうに見えるが、二人がどこかに消えてしまっても必ず見つけ出す。本当なら「碧宝」の称号に値する芸才を有するが、昔、歌梨のために手放した。

羽羽《うう》

仙洞省仙洞令尹(副官)。風系統の術式に優れた縹門羽家唯一の最高位術者。小柄で、むくむくしたお髭の可愛らしい外見から「うーさま」と陰で呼ばれる人気者。一時期、王・劉輝を結婚させようと追いかけまわしていた。大切な人は「わたくしの姫様」こと縹瑠花。

羽章《うしょう》

縹家の大社寺系列の首座。紅州・鹿鳴山江青寺で秀麗達と会う。落ち着いたしゃがれ声の小柄な老師。意外と笑い上戸で気さく。髭とつやつやのハゲ頭が特徴。蝗害事件のおり、はじめは縹瑠花の命令がない限り動くことはできないと救援要請を断っていた。羽羽の弟。

旺季《おうき》

門下省長官。紅家など「彩七家」や縹家と敵対する貴族派の重鎮。蒼玄王の血統で、玉座を狙い劉輝を追い詰める。一族全てを喪う、左遷されまくるといった負け組人生を送る苦労人。凌晏樹、葵皇毅、鄭悠舜の養い親。好物は藍鴨のタマゴの漬物のようだ。本名は蒼季。

管飛翔《かんひしょう》

工部尚書。黒州と白州にまたがるヤクザの若様。大酒飲みで、異動してきた官吏は彼と飲み比べをする決まり。秀麗とも勝負した。欧陽玉とは口喧嘩をしながらも良い相棒関係。未来より現在を大切にし、目の前の誰かを見捨てない「情の大官」。悪夢の国試組の一人。

葵皇毅《きこうき》

御史台長官。冬のように冷たく硬質な雰囲気そのままの、冷徹なやり手。慕う旺季のことは、ポックリ逝かれては困ると心から心配している。凌晏樹の幼馴染み。無表情だが無口ではなく、余計な一言が多い。秀麗をいびる時は立て板に水のごとし。伝家の龍笛が得意。

鬼姫《きひめ》

先王・紫戩華に仕えた暗殺集団「風の狼」の先代黒狼（頭領）。優しい女性。ゆえに誰よりも多く人を殺さなければならなかった。少年・紅邵可を鍛えた。ときおり針を片手にお手玉を作る。彼女手作りのそれは数奇な運命をたどることに。正体は旺季の姉・栗花落姫。

九華《きゅうか》

紅玖琅の妻。蝗害で壊滅的な打撃を受けた紅州の民のため、また、地震災害に遭った碧州から避難してきた流民のため、紅一族の門戸を全面開放し、彼らを受け入れる態勢を整えた人。この時、息子の伯邑、娘の世羅も各地に飛んだ。李絳攸と伯邑、世羅は仲が良い。

櫂瑜《かいゆ》

元黒州州牧。茶州州牧の秀麗と杜影月の後を継ぎ、茶州州牧就任。名実ともに朝廷三師に匹敵する凄腕の大官。優しく穏やかで誠実。齢八十超えてなお男女問わずハートをわし掴む伝説的色男。恋愛に疎い秀麗さえよろめいた。霄瑤璇がめずらしく苦手にしている人。

加來《かく》

全商連紫州支部砂恭地区の区長。見た目は壮年の穏やかそうな人物。新州牧としてたった一人で茶州入りを目指した秀麗の交渉相手。秀麗が持っていた木簡の正確な価値を彼女に教え、紅家に愛されていると語った。笑顔の多さから、秀麗を気に入ったようである。

華眞《かしん》

黒州西華村水鏡道寺の堂主。医師。杜影月の師。華娜の子孫で、若くして華家に伝わる医術すべてを会得。彼が記した『華眞の医学書』は、茶州での奇病治療のみならず、医学全般の発展に貢献した。葉棕庚に華娜からの伝言を伝える。影月と陽月をへだてなく愛した。

華娜《かだ》

葉棕庚の弟子の名医。王を治療する際、刃物を出したため暗殺と間違われて処刑された。処刑寸前、子供に棕庚への伝言を託す。以来、子孫の多くが伝言を伝えようと棕庚を捜す放浪者になる。一族が大切な人に「愛してる」と隙あらば言いまくるのも、彼女の教訓。

阮小五《げんしょうご》

茶州「殺刃賊」の賄い係の男。新入りの少年、浪燕青の兄貴分となった。あだ名は「短命二郎」。弟分の燕青に「短命三郎」を名乗らせようとするが、本人にマヌケで不吉だと断られる。アホを装っていたが、正体は元茶州州府の役人。殺刃賊の情報を茶鴛洵に伝えていた。

皐韓升《こうかんしょう》

左羽林軍所属の武官。薄いそばかすのせいで少年に見られがち。だが司馬迅の強さに一動作で気づいたり、旺季に殺意を抱く茈静蘭を抑えるなど、心身ともに将来有望と評価されている。弓の名手。羽林軍主催歳末大仕合(別名、恋愛指南争奪戦)で無欲の勝利を収める。

姮娥楼の大旦那《こうがろうのおおだんな》

王都・貴陽で一番の妓楼と称えられる「姮娥楼」の大旦那。趣味は美術品や骨董品集め。彼によって徹底的に吟味された品は姮娥楼のあちこちを美しく彩る。なかでも一階中央は名誉ある場所として知られ、趣味人はそこに飾られた品に目を光らせるという。

紅玉環《こうぎょくかん》

紅邵可達の大叔母。劉輝の祖父にあたる先々代国王の愛妾。頭のいい野心家で、後宮を辞した後は紅家を裏で専制支配した。鬼神さえ魅了すると言われた琵琶の腕前から琵琶姫と呼ばれる。その才能は邵可に受け継がれたが、玉環急死の夜を最後に彼は弾かなくなった。

姜文仲《きょうぶんちゅう》

藍州州牧。陰鬱そうな顔つきで、愛想もあまりなく淡々と話すため、感情が読めない。初めて秀麗に会う時も、旧知(紅黎深)の姪がやって来るとわざわざ迎えに行ったが、彼女に歓迎の意は伝わらなかった。悪夢の国試組の一人。「官吏の決断は八割でいい」が持論。

玉華《ぎょくか》

藍雪那の妻。前藍家当主の妾になるはずが、なぜか喧嘩ばかりしていた雪那に丸め込まれて結婚(玉華談)。行動的かつ合理的。そばかすが増えるのを気にしつつもお日様大好き。かつて夫との間で、卵焼きは甘いか否かで卵焼き戦争が勃発した。義弟・楸瑛の初恋相手。

慧茄《けいな》

碧州州牧。旺季や孫陵王と同世代の名臣。一匹狼で派閥をつくらないかわりに、王にも山ほど文句を言う。死んだと思われて葬式をあげられたことが七回程、「凶運のケイナ」の異名を持つ。碧州の地震でも生き残り、後年「空飛ぶ副宰相」として地方巡察に飛び回る。

景柚梨《けいゆうり》

戸部侍郎。上司・黄奇人とは長年の付き合いで、彼の仮面に隠された本心を汲み取れる貴重な人。男装でこっそり働いていた秀麗を気に入り、李絳攸に後見を申し出た。地味にこつこつ頑張るタイプだが、凌晏樹に喧嘩を売る度胸も。鄭悠舜の後を継いで宰相になる。

皇子竜《こうしりゅう》

右羽林軍将軍。大将軍・白雷炎の副官。鄭悠舜に「皇将軍なら、口が堅いですね」と評価されている。劉輝がわずかな手勢で王都を落ちた時に供をした一人。一見素っ気ない言動をするが劉輝への忠誠心は厚く、藍楸瑛と茈静蘭は思わぬライバル登場に焦る様子を見せる。

公孫《こうそん》

王都・貴陽の全商連の一人。茶州で奇病が発生した時、秀麗が医師や刀鍛冶と雇用契約を結ぶ取引をした相手。綺麗に揃えた短い口髭が似合う壮年の男性で、百戦錬磨の商人の彼からみれば、秀麗はまだ付け入る隙があったらしい。だが最後は期待に必ず応えると約束。

香鈴《こうりん》

昏君・劉輝の教育係として秀麗が後宮入りした時、侍女として仕えた少女。茶鴛洵の養女で、彼を想うゆえに独断で秀麗に毒を盛るが失敗。その後、償いのため秀麗の身代わり役を引き受け、立派に果たす。外見は可憐だが芯は強い。杜影月と相思相愛の仲になる。

黒燿世《こくようせい》

左羽林軍大将軍。無口無表情。好敵手・白雷炎とは性格が正反対でありながら似た者同士でもあり、よくつるんでいる。白雷炎による彼の「ツラ解読翻訳」は完璧で、黒燿世は一言もしゃべらずに喧嘩が成立する。かつて藍楸瑛は彼がいることから左羽林軍に入った。

紅玖琅《こうくろう》

紅家直系三男。昔、長兄・邵可を紅家から追い出し、次兄・黎深を当主にたてた。王都の兄達のかわりに、当主名代として紅州の一族を取り仕切る実力者。無愛想に見えて優しく、兄達のことも本当は大好き。秀麗とも親しげ。妻は九華。子は長男・伯邑、長女・世羅。

紅黎深《こうれいしん》

吏部尚書。紅家当主。後にどちらの座も降りる。藍龍蓮と同様、天つ才を持つが仕事に活かそうとしない。怜悧冷徹冷酷非情。ただし兄と姪の邵可＆秀麗は溺愛。彼の愛の暴走・迷走ぶりに周囲大困惑。悪夢の国試組の一人。同期との縁は本人なりに大切にしている。

黄奇人《こうきじん》

戸部尚書。常に仮面を装着しているため年齢、顔、声ともに不詳。その外見から奇人変人に思われがちだが、仕事はデキルし性格も常識的（周りが非常識すぎる）。実は傍迷惑なほどの美貌と美声の持ち主で、「悪夢の国試組」事件の原因の一つとなった。本名は黄鳳珠。

【悪夢の国試組とは？】

黄奇人（鳳珠）と同期の国試及第者を「悪夢の国試組」と呼ぶ。彼の美貌を見た多くの者が見惚れて落っこちたためだ。動じなかった及第者はクセモノ揃い（管飛翔、姜文仲、紅黎深、鄭悠舜、来俊臣、劉志美など）。ゆえに「悪夢」は国試ではなく国試組の面々との噂も。

茶朔洵《ささくじゅん》

茶家の息子。州牧就任のため茶州を目指す秀麗に「琳千夜」の名前で近づいた。人の人生すら退屈しのぎの玩具扱いをしてきた彼が、生まれて初めて愛したのが秀麗だった。好きなものは秀麗が弾く二胡と、彼女が淹れてくれたお茶。異母兄弟の凌晏樹に利用される。

茶春姫《さしゅんき》

茶鴛洵と縹英姫の孫。異能の力「命声」を隠すため、長年口がきけないふりをしていた。茶家のお家騒動のおりに茶克洵と気持ちを確かめあい妻に。優しすぎて弱気になりがちな夫をしっかり支える。艶めいた言葉をさらっと口にして周囲を赤面させることがある。

茶草洵《さそうじゅん》

茶克洵の兄。体力自慢で鼻もきくがオツムは弱い。新州牧として赴任してきた秀麗達が持つ佩玉と州牧印の奪取と浪燕青の抹殺を茶仲障に命じられるが、手を組んだ殺刃賊の瞑祥の入れ知恵がなければ何もできなかったと思われる。しかしその瞑祥に裏切られる。

茶仲障《さちゅうしょう》

茶鴛洵の弟。才ある兄にすさまじい劣等感を抱くがゆえに、茶家の者としての誇りが歪んだ方向へ向かう。兄亡き後、己の当主就任や、紅家直系の血筋である秀麗と孫の婚姻などを強引に推し進めようとするが失敗。最期の瞬間、兄への想いを見つめ直し初めて後悔する。

胡蝶《こちょう》

王都・貴陽の花街の老舗妓楼「姮娥楼」一の高級妓女。絶世の美女で教養も高い。花街で賃仕事をしていた秀麗は「胡蝶妓さん」と呼び慕う。気風が良く、「組連」の親分衆の一人として花街を守る。藍楸瑛は馴染みの上客。昔、凌晏樹に拾われ姮娥楼に預けられた。

彩八仙《さいはっせん》

彩雲国初代国王・蒼玄王を不思議な力を駆使して助けたと言われる八人の仙のこと（藍仙、紅仙、碧仙、黄仙、白仙、黒仙、茶仙、紫仙）。今も人の中にまざって暮らしていると言われている。時に彼らは人の友として、あるいは師として、家族として、人間を愛し憎んだ。

茶鴛洵《さえんじゅん》

朝廷三師の一人、太保。前茶家当主。先王・紫戩華から下賜された花は「菊花」。二つ名は「菊花君子」。劉輝の治世で謀反を起こすが、国や茶家を考えてのことだった。常に己の前を行く友人・霄瑤璇に最期までこだわり、その想いの深さに妻・縹英姫は嫉妬したほど。

茶克洵《さこくじゅん》

茶仲障の末孫。故・茶鴛洵の後を継ぎ茶家当主に。真面目だが妻・春姫のほうが有能。そのため洞窟でしくしく泣いて落ち込むのが日課。藍龍蓮の奇々怪々な笛や衣装を絶賛するなど大物の片鱗も。後年、鴛洵の「菊花君子」の誉れを受け継ぎ、名当主として名を残す。

紫戩華《しせんか》

先王。劉輝の父。蒼玄王の再来とまで称えられる英君だが、己以外の王位継承者を次々殺したため残虐非道な血の覇王とも言われる。幼い劉輝は父とは知らずに面と向かって「怖いおじちゃん」と呼び、兄・清苑の肝を冷やしたことがある。愛した女性は鬼姫ただ一人。

司馬迅《しばじん》

藍門筆頭司馬家の総領息子。だが隻眼になった時に廃嫡された。ともに育った十三姫を「螢」と呼ぶ唯一の人物。藍楸瑛とは旧知の仲。父殺しの大罪を犯して死刑になったはずが、実は「隼」の名で暗躍していた。正体は御史台の侍御史。額に死刑囚の証の入れ墨がある。

司馬勇《しばゆう》

司馬迅の父。十三姫の母のいとこで、彼女を愛していた。藍家前当主の妾となったいとこを諦めきれず、自分を愛していると思い込み館に押し入るが、拒絶され怒って彼女を殺害。この時、十三姫は三歳だった。成長した十三姫を手籠めにしようとし、迅に殺される。

司馬龍《しばりゅう》

藍門筆頭司馬家の元総領。司馬迅の祖父。かつては一騎当千の藍家の守り刀として、宋隼凱と並び称されたほどの知勇兼備の名将。もともと司馬家は武門の家で、強さは誇示するのではなく秘めることが誇りというのが家訓。隠居後に司馬迅と十三姫を引き取り教育した。

茶冒《さぼう》

茶家の老人。茶鴛洵の次の茶家当主を決める選定式の場にいた。その時、茶家がそれまでになしてきた様々な不正や横暴が明らかにされ、茶冒はその場から逃げようとするが、杜影月に彼が柳西邑で悪事を働いたほか二十三件もの懸案があることを指摘され観念した。

蔡前尚書《さいぜんしょうしょ》

前礼部尚書。礼部は新人官吏の教育を執り仕切っており、秀麗達が新人研修を受けた時は彼がトップだった。表面上は笑顔をたやさず優しそうだが、裏では姑息な手段で秀麗や紅黎深を陥れようと画策。悪行が暴かれる過程で黄奇人の素顔を見てしまい、腑抜け状態に。

柴彰《さいしょう》

柴凛の双子の弟。全商連金華特区長であり、全商連茶州副支部長。明るい人なつっこさを装っているが、凄腕の商人。茶州の新州牧となった秀麗達に協力する時も「八割の力を尽くす」と値切った。柴家は官吏の血筋で、父は金華太守。茶州のゴタゴタ後は官吏を志す。

柴凛《さいりん》

柴彰の双子の姉。鄭悠舜の妻。全商連茶州支部長。職を辞した後は悠舜と貴陽に移り住む。人体切開用特殊小刀の設計など発明家としての功績が多大。夫によく尽くしたが、妊娠に気づかず放ったらかされた時は、相手の頭が不思議な形に変形するほど何かしたらしい。

荀彧《じゅんいく》

紅州州尹。上司の劉志美とは同い歳だが生まれも育ちも性格もまったく違う。名門出身で国試も上司より先に及第していた彼は、相手を自分より下流出身で教養がなく馬鹿だと見下していた。しかし蝗害事件をきっかけに二人の関係に変化が訪れる。動作がとても優雅。

霄瑤璇《しょうようせん》

朝廷三師の一人、太師。
先王・紫戩華時代の名宰相で、劉輝の教育係として秀麗を後宮に送り込んだ張本人。老人だが、見る者によってはときおり三十代ほどの白皙の青年にみえることがある。伝説的な大官だが、後年、彼のことを覚えている者はほとんどいない。

翔琳《しょうりん》

茶州の禿鷹二代目お頭。
北斗を「親父殿」と慕い、彼の亡き後、自ら後継を名乗る。北斗から叩き込まれた猿顔負けの逃げ足と豊富な知識、運の良さが取り柄。早とちりが多すぎるのはご愛敬。義に厚く男気があり、香鈴に「意外と素敵な殿方になるかも」と評される。

子蘭《しらん》

紅州東坡郡太守。育ちの良さがうかがえる貴族的な顔立ちだが、苦労者特有の硬質さも持つ。蝗害事件の際、旺季を王にするために暗躍するが裏切る。実はこれまでにも何度も旺季を裏切っており、一度去ってはのこのこ戻るを繰り返していた。凌晏樹に処刑される。

十三姫《じゅうさんひめ》

藍家の姫。藍雪那ら直系五人兄弟の異母妹。秀麗と胸の大きさ以外は似ており、劉輝の妃となるよう後宮に送り込まれる。武芸を嗜み、馬術の腕は相当なもの。昔は司馬迅と両想いだったが、ある事件で別れることに。劉輝が秀麗一筋と承知しつつ、惹かれている。

朱温《しゅおん》

茶州の郡武官をしていた男。奇病発生時、丙太守が城に病人を迎え入れることに猛反発。結果、郡武官から除名された。女を見下しており、奇病は女州牧(秀麗)が就任したせいだと信じ込む。除名後は邪仙教に入って秀麗を殺害しようとするも、浪燕青に阻まれる。

朱鸞《しゅうらん》

茶州虎林郡石榮村の少女。奇病で父を亡くす。母も危篤状態に陥り、助けをただ待つだけでは駄目だと、村人全員で病人を連れて城下まで歩いた。将来は、奇病から救ってくれた秀麗のような官吏になると本人に宣言、丙太守が後見人になった。後年、史上初の女宰相に。

珠翠《しゅすい》

貴妃時代の秀麗に仕えた後宮筆頭女官。その後色々あって縹家の大巫女に。「風の狼」の一員として紅邵可の下にいた過去がある。邵可の「父茶」を愛と気力で飲む。女性好きの藍楸瑛をボウフラ扱いし、彼の本命が今や自分であるとは知らない。才色兼備だが裁縫は苦手。

荘《そう》

王都・貴陽にある評判の酒楼の主。官吏になる前、帳簿付けを手伝っていた秀麗は「荘おじさん」と呼んでいる。秀麗が国試最終試験を受けるための適性試験に及第した時、お祝いに紅邵可達と一緒に訪れたのがこの酒楼で、主のおごりで料理が次々と出た。

蒼玄王《そうげんおう》

彩雲国初代国王。子供にも知られている『彩雲国国語り』によれば、魑魅魍魎が跋扈していた遥か昔、民の安寧を胸に秘め旅に出た彼は、八人の仙「彩八仙」の智恵を借りながら国の基礎を築いて王になった。彼が仙のために建てた「仙洞宮」は、今も王城の一角にある。

蒼周王《そうしゅうおう》

彩雲国二代国王。初代軍神・蒼玄王より影が薄いのは、彼の治世では一度も戦が起こらなかったため。蒼周王自身が武より知恵で国を守る覚悟で国政に臨んだ。「仕えるに値する王が現れた時、彩八仙は仙洞宮に集う」という言葉は、蒼周王が残した。事実は仙のみぞ知る。

宋隼凱《そうしゅんがい》

朝廷三師の一人、太傅。不利な戦を幾度もひっくり返した常勝将軍。先王・紫戩華の言葉「国の剣は宋将軍、国の頭脳は霄宰相、国の心は茶大官」の宋将軍とは彼を指す。下賜された花は「沈丁花」。劉輝の剣の師匠。恋愛は晩熟で、妻と結婚するまでに丸五年かかった。

榛淵西《しんえんさい》

榛蘇芳の父。元翰林院図画局の官吏。風采の上がらない小悪党だが、出て行った妻と息子を一途に想う。とある人にそそのかされ、ガツンと秀麗に求婚してこいと息子に指示した（このとき蘇芳が書いた超独創的で爆笑ものの恋文を秀麗は永久保存するらしい）。

榛蘇芳《しんすおう》

秀麗の元冗官仲間。妙な勘の鋭さと歯に衣着せぬ忠告で相手を憤慨させるが、同時にピンチを救うことも多々。幸運のお守りはタヌキ。あだ名はタンタン（命名・茈静蘭）。父が捕まった時、牢に毎日差し入れをした孝行息子。後に地方をめぐる凄腕の監察御史として名を残す。

鈴蘭の君《すずらんのきみ》

先王・紫戩華の第二妾妃。第二公子・清苑の母。清麗な美貌から鈴蘭の君と呼ばれた。体が弱くいつも寝台に伏せっていたが、戩華を想い、たった一人で誰もなしえなかったことをやり遂げる。その手腕に戩華は、嫁ではなく官吏にすればよかったと敗けを認めた。

千夜《せんや》

邪仙教の教祖。茶州で奇病が発生したおり、女州牧（秀麗）が奇病の原因だという教えを広めて、人々の不安を煽った。正体は縹璉。杜影月をおびき寄せるために華眞の遺骸に意識を乗り移らせ操っていた。名前は秀麗をおびき寄せるために茶朔洵が使っていた偽名を用いた。

智多星《ちたせい》

殺刃賊が壊滅する前の参謀。序列第三位。足がない。素性は謎で、当時副頭目だった瞑祥は彼を信用しなかった。実は浪燕青に近しい人物。その後「智多星」は死んだことになっているが、茶州の寒村で有能な官吏として生存。傍には大きな銀色の狼・銀次郎がいる。

晁蓋《ちょうがい》

茶州梁山の一角を根城に、悪逆の限りを尽くす集団「殺刃賊」の前頭目。浪燕青が五歳の時に浪家に押し入った殺刃賊は、彼以外の家族を皆殺しに。その際、晁蓋は燕青に「十年は、お前を覚えておいてやるよ」と言う。やがて燕青は十三歳で殺刃賊を壊滅に追い込む。

鄭悠舜《ていゆうしゅん》

尚書令。鬼才と謳われる名宰相。人より遙か先まで見通す。かつては茶州州牧時代の浪燕青を補佐した。悪夢の国試組の一人で状元（一位）及第。同期達は、穏やかな顔をして無茶ばかりの彼を心配している。足が悪く杖をついている。紅家の天才軍師「鳳麟」当代。

杜影月《とえいげつ》

黒州出身。秀麗と同じ年に国試受験、史上最年少の十三歳で状元（一位）及第。秀麗と二人で茶州州牧に就くが、奇病発生時の行動が原因で任を解かれ、後任の櫂瑜州牧のもと補佐を務める。おっとり系だが酒を飲むと陽月と名乗る凶暴な人格が出る。香鈴と相思相愛。

槽甚《そうじん》

十六衛所属。羽林軍主催歳末大仕合（別名、恋愛指南争奪戦）において藍楸瑛に正々堂々と一騎打ちを申し込み、「その心意気や良し！」と誉められる。しかし数合で敗北、失神。「もう少し鍛えてからこい、名前は覚えておいてやる」と言われ、羽林軍を目指すようになる。

蒼遙姫《そうようき》

蒼玄王の妹。縹家初代当主。人とは違う異能があっても疎外されない場所、助けが必要な者を受け入れるための場所として縹家を興す。「時の牢」に入れられた縹瑠花や珠翠を迎えに来た男達を紅色の傘、巫女装束姿で道案内する。黒仙に愛され（あるいは憎まれ）た。

孫陵王《そんりょうおう》

兵部尚書。文官だが、文官武官、派閥を問わず人望がある。煙管をくゆらせる仕草がいなせな伊達男。風格はあるが若々しい。盟友・旺季が治める国を見たいと思い続けてきた。彼が何十年も行方不明のままの黒門孫家の「剣聖」である事実を知る者は少ない。

第六妾妃《だいろくしょうひ》

先王・紫戩華の六番目の妾妃。劉輝の母。妓女上がりの勝ち気な娘で、子を生んだせいで若さと容色が衰え王の愛を失ったと思い込み、劉輝に折檻していた。劇薬入りの化粧具を使用したのを発端に、後宮の庭の池で死亡。後年朝廷で、誰が殺したのかと囁かれる。

飛燕姫《ひえんひめ》

旺季の一人娘、旺飛燕。リオウの母。頑固な旺季や性格がひね曲がった凌晏樹、誰もが畏怖する縹瑠花など、くせ者相手に一歩も引かなかった女性。出産後に逝きかけたが、縹瑠花によって命をつなぎとめていた。彼女が調べた蝗害資料は、秀麗とリオウに引き継がれる。

縹英姫《ひょうえいき》

茶鴛洵の妻。昔、縹家の大巫女候補だったが逃亡。茶家当主代行を務められるほどの女傑。孫達の行く末を案じ、茶克洵が春姫と接吻もまだと知ると「唐変木の鴛洵とて、やるときは男らしくビシッと決めたというに！」と立腹した。若さと美の秘訣は夫への愛と意地。

縹璃桜《ひょうりおう》

縹家当主。縹瑠花の弟であり、リオウの父。不老長命で、銀髪と漆黒の双眸の持ち主。当主らしいことはしない。ずっと人形のごとく生きる彼に唯一感情をもたらす薔薇姫に、少年時代から恋着し続ける。薔薇姫に二胡を手ほどきし、その音色は秀麗へと継がれた。

縹瑠花《ひょうるか》

縹家の大巫女。当主は弟・縹璃桜だが、絶大な異能の力で約八十年間、実権を握る。弱者擁護が縹家の存在意義という誇りを胸に生きてきたが、強大すぎる異能と孤独が心身を蝕んでいった。羽羽が傍を離れてからは弟に執着。秀麗や珠翠達と接し、誇りを取り戻した。

陶老師《とうろうし》

王直属の筆頭侍医。後宮にいた貴妃時代の秀麗を診たことがある。茶州の奇病発生時、人体切開に尻込みする弟子達を「わしが若けりゃ一も二もなく飛んでった」と叱咤激励した。羽林軍の一風変わったシゴキに続出する怪我人治療のため、城内を駆けずり回ったことも。

南老師《なんろうし》

茶州銀狼山に住む伝説の武闘老師。身体能力、格闘術は神業の域。弟子は浪燕青。茶鴛洵によれば、大人のような子供のような、山の神のような者。超シャイで人前に滅多に出てこない。お金の存在をわかっていないらしく、飯屋の代金は牛一頭丸ごとなど現物支給。

白雷炎《はくらいえん》

右羽林軍大将軍。黒燿世とは事あるごとに張り合い喧嘩する、見ようによっては仲良しな関係。身に付けた虎皮の上衣から「虎皮シマ男」「虎皮ムサ男」と言われたことも。童顔を髭で隠そうとしているらしい。彼の持つ白家の家宝・青釭剣は、もとは藍門司馬家の家宝。

薔薇姫《ばらひめ》

秀麗の母。冴え渡る美貌と雷光のようなまなざしを持つ。縹家前当主に囚われていたが、暗殺集団「風の狼」の黒狼（頭領）だった紅邵可に連れ出される。何度も邵可に求婚されてようやく妻になった。雷の晩、病に冒された幼い秀麗の回復と相前後して息を引き取る。

碧珀明《へきはくめい》

秀麗の国試同期。及第順位は秀麗に次ぐ四位。新人研修期間、他の同期が秀麗と杜影月を邪険にする中、最初に彼らを助ける。李絳攸を尊敬。彼と同じ「悪鬼巣窟」吏部に配属され、鬼官吏のもと日々罵詈雑言の語彙を増やしている。碧家一族を守るために官吏を目指した。

碧万里《へきばんり》

母・碧歌梨と、父・欧陽純の息子。まだ五歳ほどだがすでに神がかり的な芸術の才と誇りを持つ。「母上」が大好きで、彼女に置いていかれると勘違いした時は年相応にえぐえぐ泣きじゃくった。母に雅号「碧幽山」をもらうが、自らは「碧歌梨」を選んで母を感動させる。

鳳叔牙《ほうしゅくが》

秀麗の冗官時代の仲間。チャラい外見に反して義理堅く、口が固い。親友・榛蘇芳の頼みで浪燕青との中継役を引き受けていた。冗官達はオチコボレと下級貴族の集まりだったが、彼らを最後まで見捨てなかった「秀麗ちゃん」の危難時に一致団結、その中心人物となる。

鳳麟《ほうりん》

紅家のお抱え軍師一族、紅門筆頭姫家の天才軍師。百年にいっぺん現れるかどうかという伝説的な存在。彼が動くのは紅家存亡の危機の時のみ。紅邵可、黎深、玖琅の父が紅家当主になった頃、当代の鳳麟は「次代の紅家当主」の黎深に会いにきた。その正体は鄭悠舜。

縹漣《ひょうれん》

異能の一族に生まれながら術が使えない無能。「お母様(縹瑠花)」に必要とされたい一心で、「千夜」となり秀麗と杜影月を狙う。だが結局捨て駒にされただけだった。“本体”は十五、六歳ほどの少年。リオウとは同じ無能同士、ともに書物を繰ったりし、その時間は嫌いではなかった。

縹家前当主《ひょうけぜんとうしゅ》

縹瑠花、縹璃桜の父。「奇跡の子」として権力をふるった。だが権力に固執しすぎて瑠花に粛清される。実は彼が「奇跡の子」と呼ばれたのは、子供の頃、薔薇姫に命を救われてたまたま癒しの力を手に入れたため。力の喪失を恐れた彼は、薔薇姫を捕らえて鎖につないだ。

丙太守《へいたいしゅ》

茶州虎林郡の太守。奇病発生のおりには城下の反対を押し切って、治療のため病人全員を虎林城に収容した。冷静沈着だが「馬をひけい!」と怒号一発、馬に飛び乗り疾駆する熱い一面も。敵の目を欺くため「置物」の扮装をしたことがある。朱鸞の後見人。

碧歌梨《へきかりん》

碧幽谷の名を持つ天才画師。芸能の才に長ける一族の中でも並ぶものなき千年の才「碧宝」と言われる。女の子大好き、かつ、大の男嫌い。ただし夫・欧陽純と息子・碧万里は心から愛している(弟・碧珀明も信頼)。つくれば必ず死ぬという宝鏡づくりを引き受ける。

山家の老人《やまがのろうじん》

王都を落ちた劉輝が、そしてさらに昔は旺季が迷い込んだ山家の主。つぶれた隻眼、片腕も途中から無い。劉輝は泊まらせてもらったお礼に王家の宝剣「干將」を置いていった。正体は、古今随一の刀匠「無銘の大鍛冶」。金物屋の庖丁なども普通につくっているらしい。

山家の老婆《やまがのろうば》

山家の老人と一緒に暮らしていた老婆。普段はおとなしいが、剣を見ると人が変わる。小さな巾着を肌身離さず持っている。山家から滅多に出ないが、后妃となり女児を出産した秀麗に会いに、ボロボロになりながら貴陽まで歩いて来た。実は劉輝達とは深い縁がある。

由准《ゆじゅん》

茶州の官吏。秀麗と杜影月の州牧就任騒動の頃、州府から金華郡府に派遣された。浪燕青とは長い付き合い。昔、刺客に毒矢で狙われた際、助けようとした燕青に肥だめに突き飛ばされた“恩”は百年たっても忘れないという。正体は当時茶州州牧州尹だった鄭悠舜。

譲葉《ゆずりは》

紅黎深の少年時代から輔佐として仕えた少年。妹・百合は紅邵可の許嫁だった——というのは表向きの話。譲葉と百合は同一人物で、紅玉環が紅家のために連れてきた。まだ幼かった紅玖琅を育てたのは譲葉。ゆえに玖琅は譲葉に弱い。後に百合姫として黎深の妻に。玉環と先々王の娘。

北斗《ほくと》

先代の義賊「茶州の禿鷹」。悪い金持ちから盗んでは、貧しい人々に配っていた。子持ちの女性を拾い、彼女亡き後も赤ん坊の翔琳と曜春を育てる。かつて暗殺集団「風の狼」で紅邵可の配下だった。だが翔琳達には殺人ではなく、ひたすら「逃げる」ことを叩き込んだ。

茗才《めいさい》

茶州の官吏。新州牧に着任した秀麗に萩の花を贈った（浪燕青と鄭悠舜はそれを聞いて青ざめながら驚愕）。逆に秀麗が茶州を去る時は引きこもった。香鈴いわく「なかなかご立派な風采のかた」。正体は監察御史。茶州に監察目的で来たのだが、燕青達にこき使われる。

瞑祥《めいしょう》

殺刃賊の生き残りで現頭目。晁蓋の存命中は副頭目。昔、「小旋風」こと茈静蘭を玩具のようにいたぶり執着していた（瞑祥いわく「かわいがってやった」）。「小棍王」こと浪燕青のことは嫌っている。秀麗と杜影月の茶州州牧就任を邪魔する動きの中で、静蘭達と再会。

孟前侍郎《もうぜんじろう》

前兵部侍郎。兇手を使って地方官吏を殺害、後釜に己の息がかかった官吏を配属させていた。そしてこの件を表沙汰にせず帳消しにしてやるとそそのかされ、十三姫と秀麗の暗殺を引き受けるが失敗、口封じのため殺害される。年頃の娘の後宮入りを望んでいた。

曜春《ようしゅん》

茶州の禿鷹二代目お頭・翔琳の唯一の手下であり、弟。翔琳をつい「兄ちゃん」と呼びそうになり、「お頭」と言い直すことが多い。無邪気だが兄同様、逃げ足も知識も人並以上。普段は二人で峻嶮な峯盧山に暮らす。貴陽で熱中症で倒れ、秀麗達に助けられたことがある。

来俊臣《らいしゅんしん》

刑部尚書。法で民を守るために「人治」ではなく「法治」の世を目指す。夜行性。昼は地下牢の棺桶で睡眠。気に入った相手にステキ棺桶や小粋な読経をあげたがる。悪夢の国試組の一人。同期・紅黎深の葬儀では、寂しがり屋の彼を皆で拍手喝采大爆笑で見送りたいらしい。

羅干《らかん》

王都・貴陽下街のゴロツキを統制している裏社会の親玉連合「組連」の親分衆の一人。賭場を仕切っている。総白髪を綺麗になでつけた老人。貴族的な風貌だが眼光鋭い。藍楸瑛さえ門前で立ち話するのが精々のエライ相手だが、秀麗のことは可愛がっている。

藍家前当主《らんけぜんとうしゅ》

藍雪那達三つ子（雪、月、花）、楸瑛、龍蓮の直系五人兄弟の父。正妻以外に、十三姫の母ら妾も多く、彼女達を平等に愛し愛された。次期当主に三つ子の長兄・雪那を指名。三つ子は不吉なため残り二人は死ぬ運命だったが、誰も三つ子を見分けられず、三人並列当主の裁定を下す。

百合姫《ゆりひめ》

紅黎深の妻。オレ様黎深を理解し受け入れられる稀有な女性。昔、黄奇人（鳳珠）の素顔を見ても平然と笑顔で挨拶し、逆に彼に一目惚れされたことがある。李絳攸が方向音痴になった原因を作った張本人。経済及び無償事業を全州に広げた功績で、後世に名を残した。

葉棕庚《ようしゅこう》

伝説の医仙。茶州の奇病発生のおりには医師団の陣頭指揮をとり、治療のための人体切開を若い医師達に伝授。霄瑤璇と親しく、秀麗もまた、医仙とは知らずに幼い頃から近所のかかりつけの医師として何度も世話になっていた。秀麗に彼女の身体の秘密を告げる。

陽月《ようげつ》

杜影月が四歳で一度死んだ時、体の中に入り込んだ存在。凶暴で口が悪い。影月が酒を飲んだ時と、気が向いた時だけ表に出てくる。陽月が表に出れば出るほど影月の寿命は縮むが、それを知る華眞が陽月を疎むことはなかった。やがて影月の中で深い眠りにつく。

楊修《ようしゅう》

吏部の覆面官吏。冗官の秀麗を「全然役立たず」「でも嫁にしてもいい」と査定。親友の欧陽玉と双璧を為す若手能吏で、李絳攸に仕事を叩き込み、吏部侍郎に推した。吏部尚書解任騒動の際、吏部侍郎に。笑いをこらえる時は眼鏡の縁に人差し指をひっかけるのが癖。

リオウ《りおう》

仙洞省仙洞令君(長官)。縹璃桜と飛燕姫の息子。旺季の孫。異能の一族縹家の出だが、異能を持たない。高齢の羽羽をおんぶして移動するなど優しく聡明で、無意識に女性がぐっとくる言葉を口にする天然さも持つ。後に劉輝の養子に入り、李絳攸の後を継いで宰相に。

陸清雅《りくせいが》

監察御史。好敵手・秀麗とは犬猿の仲。だが仕事でコンビを組むと最強。女性全般に不信感を抱いており、秀麗にセクハラ言動も多々。髪結いが上手い。綺麗事を嫌い、冷酷で遠慮のない仕事ぶりから「官吏殺し」の異名を持つ(後年、この異名は秀麗を指すことになる)。

立香《りっか》

縹瑠花の傍仕えをする娘。縹一族ではなく、異能も持たない。まるで恋い慕うような憧憬と敬慕、そして渇仰を瑠花に抱き、彼女に必要とされたい、傍にいたいと切望する。その想いを凌晏樹に利用されるが、最終的には高位巫女にだけ許される栄誉を与えられる。

劉志美《りゅうしび》

紅州州牧。オネエ言葉と煙管が特徴の五十過ぎのおっさん。個性的すぎるが本人はギリギリ許されるギリ線を見極めているつもり。元兵士。戦から帰還したのに自殺した親友を持つ彼は、戦を考える王だけは絶対に認めないと決めている。悪夢の国試組の一人。

藍州州尹《らんしゅうしゅういん》

姜文仲の副官。長年の付き合いで気心も知れているため、無愛想な姜文仲の心中を察することができる(ハズしている時も)。副官任命時、姜文仲に言われたことを名言として覚えており、いつか『姜州牧名言集』を出す野望を胸に、彼の名言をいつも筆記している。

藍雪那《らんせつな》

藍家当主。三つ子による三人体制なのは公然の秘密。正式な当主は長兄・雪那ただ一人で、誰かが雪那を見分けると残り二人は死ぬ決まり。沓嫌いで裸足が好き。甘い卵焼きは認めず、弟・楸瑛が実家に帰らないのは妻・玉華がつくる卵焼きが甘いせいだと言い張る。

藍龍蓮《らんりゅうれん》

藍家直系五人兄弟の末弟(兄は三つ子と楸瑛)。天つ才を持ち、藍家の象徴かつ最後の切り札「龍蓮」の名を四歳で襲名。思考言動が奇天烈。世間常識なにソレ状態。神出鬼没。風流を好むが、笛の音も衣装感覚も壊滅的。心の友は国試受験の同期の秀麗、杜影月、碧珀明。

【その音色、十人十色】

物語の重要なアイテムが「楽器」。秀麗が弾く二胡は大切な人の心を慰め、時には、この世ではないところを彷徨う者を導く音色にもなった。ほか、紅邵可の琵琶、葵皇毅の龍笛、旺季の琴など、ぜひ聴いてみたい。藍龍蓮が奏でる龍笛の怪奇音も気になる(ゴクリ)。

魯尚書《ろしょうしょ》

礼部尚書。蔡前尚書の失脚にともない尚書に就任。それまでは秀麗ほか、新人官吏を直接指導する教導官を務めていた。一見厳しく理不尽な指導には理由があり、彼に厳しくされた者ほど後に政界中央で活躍している。深夜まで頑張る新人には内緒で夜食を差し入れる。

浪燕青《ろうえんせい》

元茶州州牧。茈静蘭とは旧知。武術に長ける。得物は棍で、二つ名は小棍王。むさい無精髭をそれば好青年。厳しくも優しい。秀麗が官吏でいる間は、彼女の人生にとことん付き合うと宣言。結果的に劉輝よりも長くともに時を過ごす。秀麗への想いに気づく者はわずか。

和《わ》

礼部の官吏。朝廷で新人研修中の秀麗と杜影月の足を引っ張ろうと、わざと書翰の山を落としたり、計算中の算盤を揺らしてご破算にしたり、厠掃除直後に床を汚したりした。「これも頼むぞよ。麿は忙しいのでな」などと言うので、秀麗は「あのマロっ」と怒りに震えていた。

脇侍《わきじ》

彩八仙は脇侍を持つ(ただし紫仙は一人の脇侍も持たずして全仙最強らしい)。紅仙の脇侍は雨師と風伯。ふわふわの小さな鞠状の姿で秀麗の前に姿を現していた。本当は空恐ろしいほど美しい姿。茶仙の脇侍は銀狼・銀次郎。黒仙の脇侍は神鳥を示す三本足の大鴉。

柳晋《りゅうしん》

秀麗が師を務めた道寺塾の教え子。喧嘩は強いが勉強は苦手な悪ガキ。でもいつか偉い役人になって秀麗を嫁にもらうつもりでいた。彼女の気を引くために悪戯や邪魔をした結果、真冬の川に秀麗が落ちる騒動も。ただし官吏になりたての秀麗のピンチを救ったこともある。

柳晋の父親《りゅうしんのちちおや》

野菜作りをしている柳晋の父親。城に野菜を届けていることから、柳晋と一緒に新米官吏時代の秀麗のピンチを救ったことがある。畑仕事をさぼる息子に手を焼き、いつも叱っているようだが、真冬の雪山に行ったきり帰ってこなかった時は心配して捜し回っていた。

閭官吏《りょかんり》

紅州州府官吏兼、御史台官。大金持ちの黄門閭氏として知られる。また古今随一の情報屋。紅邵可いわく「邪仙」。初対面の相手の尻を杖で叩いてカツアゲしたりする。李絳攸を弟子に修行の二人旅へ。彼に鍛えられると、不死鳥のごとく打たれ強い官吏に変身するらしい。

凌晏樹《りょうあんじゅ》

門下省次官。旺季のために暗躍。その大切な旺季を時々無性に殺したい衝動にかられる複雑難儀な思考回路の人。幼馴染みの葵皇毅のことは、旺季に一番似ていると思っている。華やかで毒っ気があり妖艶。彼から桃をもらうと不幸になるらしい。陰の異名は「処刑人」。

怪盗ジャジャーンを追え！ 改!!

ファンブックスペシャル

雪乃紗衣

序幕

それは、ある静かな晩のことだった。

厚い雲が帷《とばり》のようにたれこめ、星々を覆い隠す。

暈《かさ》のかかった三日月だけが、僅《わず》かな合間から猫のようにニンマリ笑っている。

――いや。

不意に風が吹き、雲をザァッと押し流した。

帷が落ち、隠れていた満天の夜昊《よぞら》が姿を現した。

一緒に、黒々とした二つの人影が月夜に浮かび上がる。全身黒装束、肩で留めた同じ色の外套《がいとう》が夜風に大きくはためく。舞い狂う髪で、瞳も見えない。

唯一のぞく唇は、月と同じ形に笑う。

「……さあ、時間だ。今宵《こよい》もまた、約束どおりいただきにまいろうか」

「はい。一つでも多く――。モノも、……人も」

二つの人影は笑って顔を見合わせ、口許《くちもと》を黒い布で覆い隠した。何かの始まりの合図のように。

そうして、夜の闇の中、フッと姿を消した。


「ぐふふ」

その晩、邸《やしき》の主《あるじ》は恰幅《かっぷく》のいい体を揺すり、包みを一つ、にやけながら抱えて家路についていた。

「これを手に入れるのにどんなに苦労したことか」

ここだけの話、人には言えないこともしてしまった。ムフ、と笑って包みをナデナデしながら上機嫌で帰宅すると、家令が素早く出迎えた。

「旦那《だんな》様……お帰りなさいませ。あの……実は昼に、旦那様宛にこのようなものが届いておりまして」

おそるおそる差し出されたのは、小さな紙きれだった。書いてあるのは、簡潔な一文きり。

『今宵、あなたの家の奥で眠っているもの、いただきに参ります』

「？　なんだこれは。イタズラか。わしにこんなつまらんものをよこすでない」

家令を怒鳴りつけると、包みをもったまま邸の奥へと向かう。隠し小部屋に入れば、そこには他にも『人に言えないこと』をして手に入れた『宝物』が積み上がっている。主人はまたニタニタした。

そのとき、厳重に閉じておいたはずの、背後の隠し扉がゆっくりきしむ音がした。

バカな。この部屋の鍵《かぎ》は自分しかもっていないはず――。ぎょっとして振り返れば。

「ジャジャーン！」

自分で効果音を叫んで、黒ずくめの二人組が登場した。主人はつられて、つい凡庸な台詞を叫んだ。

「だっ、誰だ！」

「ふっ。名乗るほどのものではない」

颯爽《さっそう》と黒衣がひるがえる。覆面で顔はわからない。

「――約束どおり、家の奥で眠っているもの、いただきに参上」


……それからあとのことは、主人は覚えていなかった。目覚めたとき、主人は何が起こったのか、まったく理解できなかった。小部屋を埋め尽くしていた『宝物』は、一つ残らず持ち去られ、ハッと気づけば、自分の頭皮からカツラまでが消えていた。

ぴかぴか輝くのは、もはや自分の頭のみ。

寂しい輝きに、ひらりと小さな紙切れが落ちた。

『ご協力感謝する』

主人はあぶくを吹いて、もう一度気絶した。

第一幕

「怪盗ジャジャーン？　なんだそれは」

「噂話なんですけどね」

楸瑛《しゅうえい》はこのところ、高官たちのあいだで囁《ささや》かれている噂について劉輝《りゅうき》に語った。

「なんでも、『今宵、あなたの家の奥で眠っているもの、いただきに参ります』なんていう手紙が突然届いたかと思うと、そのあと、本当にその晩、忽然《こつぜん》と盗まれるらしいんです」

「犯罪ではないか！」

「なんですけど、金持ちが家の奥で大切に隠しているモノっていったら、たいがい口外できないモノが多いわけです。それこそばれたら自分がとっつかまりそうなヤバイ代物で、盗まれても言うに言えず、届け出るに出られず、結局『噂』で留まる、と」

楸瑛は耳にした噂話に、小さく笑った。

「盗まれた本人が必死こいて『別に何も盗まれてない！』なんていうものだから、公権力も捜査に入れないんですよ。厳重な警戒も何重もの鍵もものともせず、鮮やかにくぐり抜けて目的のモノを盗《と》っていき、いまだ失敗は皆無。盗んだあとには『ご協力感謝する』なんてお礼状まで置いていって。スネに傷をもつ貴族や高官は戦々恐々としてますよ」

洒落《しやれ》た手口で、楸瑛は意外と好きだったりする。

「で、ジャジャーンっていう名前はなんだ？」

「ジャジャーンと宣言して登場するからつけられたあだ名です。二人組のようで。ちなみにそれしかわかってません。誰だ！　と訊《き》いても、名乗るほどのものではない、とかいうそうで」

「……頭がいいのかバカなのかわからんな……」

ふと、劉輝は扉を見た。いつも傍にいる二人のうち、もう一人が一向に姿を見せない。

「絳攸《こうゆう》はどうしたんだ？　いつも以上に遅いな」

「そうですね。迷ってるにしても、いつもなら午過《ひる》ぎにはたどりつくのに。絳攸に、何か？」

「ああ、ほら、そろそろ催事があるだろう」

「町の？　秀麗《しゆうれい》殿もお手伝いしてるやつですよね」

恒例行事らしいが、例年は町の仕切りだったこともあり、楸瑛も詳しくない。だが今年は王の意向で朝廷も協力するということで、いつもよりかなり大きな催事になるらしいとは聞いている。

「確か珠翠《しゆすい》殿もそれまで後宮に滞在するとか……」

「そう。その催しを盛り上げるために城も何か出しものをと言われたから、十三姫《じゆうさんひめ》に相談してみたら、ゼッタイゼッタイ『天下一武闘会』がいい!! と」

「……てん………。そりゃ確かに、ものすごく妹のいいそうなことですが……」

天下一武闘会って……。何か色々規制に引っかからないといいんだけど……。楸瑛は遠い目をした。

「武闘会をやるとしても賞金のたぐいは出せんし、日も近いから参加者は貴陽《きよう》周辺での募集になるだろうし、それで『天下一』かなぁ？ とは思うが」

「……いやぁ、『天下一武闘会』はやめましょうよ……そんな銘打ったら色々問題が。ええ、問題が。出られないと知った司馬《しば》のじぃさんとか激怒して、主上《しゆじよう》をぶっ殺しに藍《らん》家水軍率いて血の海渡りにきますよ。黒白州《こくはくしゆう》の武人とかも終わったあとで雪崩《なだ》れこんできて、大乱闘ですよ。貴陽はぺんぺん草一本生えない荒野で、主上はボコボコのタコ殴りですよ」

「ぎゃー！ 『天下一』はやめよう！ じゃ、じゃあ、てん…てん『典雅一武闘会』で！」

典雅一武闘会……。

なんだろう。なんの美しさを競うんだろう……。

（欧陽玉《おうようぎよく》殿とか劉志美《りゆうしび》殿とかが勇んで出陣してきそうな大会名になったな……）

でもいろんな意味で「天下一武闘会」よりいいと思ったので、楸瑛は何も言わなかった。

「実は余も出ようと思ってな。最近座りっぱなしでなまっているし。で、『典雅一武闘会』の案と、余も出ても支障はないか、絳攸に相談しようと――」

ちょうどそのとき、絳攸が入室してきた。

見れば顔面蒼白で、今にも倒れそうにフラフラしている。王と楸瑛はぎょっとした。

「絳攸!? どうしたんだその顔色。今日はどの難所を遭難してきたんだ。ひどい顔だ」

「遭難して臨死体験したみたいだぞ！ 死んだサカナみたいな目をしている」

絳攸は怒らなかった。『死んだサカナみたいな』虚《うつ》ろな目で、ただぼんやりと二人を見た。

「……臨死体験……神隠し……いったいどこに……不測の事態が………」

「神隠し？　不測の事態？」

「なっ、なんでもない!!　──わっ、悪いが用事を思いだした。帰らせてもらう！」

せっかくたどりついたばかりなのに、絳攸はあっというまに駆け去ってしまった。

見れば、床に一枚の紙片が落ちていた。

「あれ、絳攸が落としていったのかな。……って」

何気なく拾った楸瑛は、目を丸くした。

『今宵、あなたの家の奥で眠っているもの、いただきに参ります』

◆・・・・◆・・・・◆

（怪盗ジャジャーンが絳攸の邸に出たとはね……）

絳攸が落としていった挑戦状に、慌てて王と後を追ったものの、またどんな意表を突くトンデモ遭難をしているのか、絳攸の姿は影も形もなかった。

（今夜盗みにくるなら、護衛に行ってやれるけど、盗まれたあとじゃなぁ……）

紅《こう》家の家令に確認してみたら、怪盗ジャジャーンは一昨日すでに盗みに入ったあとだった。とはいえ、金品のたぐいは何も盗られていないという。

『ただ、仰《おっしゃ》る通り、絳攸様が何か盗られたようなのですが、頑としてお話にならず……』

絳攸に、表沙汰になったら困るような後ろ暗い盗難品があるとは王も楸瑛も思ってないが、何かを盗られたのは確からしい。明日になったら、ちゃんと話を聞いてやらなくてはと、王と決めた。

（……あ、迅《じん》。侍御史《じぎょし》の迅なら、怪盗ジャジャーンの情報をもってるかも。あいつに頼むのは癪《しゃく》だが、別に盗られたのは私じゃないし。絳攸のためなら、まあ、頭くらい下げてやったって──）

帰宅し、考え考え軒《くるま》から降りた楸瑛は、すぐに邸のただならぬ様子に気がついた。

「若様! 申し訳ありません! じ、実は若様がご不在の間に――」

駆け寄る家令の手に、小さな紙切れを見留めて、楸瑛はピンときた。にやっとする。

「ははぁ、うちにもきたのか。すごいな、我が家にも入りこむとは。で、何を盗ってった?」

「それが、貴重品は何も――。まだ若様のお部屋は調べておりません。すぐご検分ください」

「私の? ……別にたいしたものはないけどね」

楸瑛は首を傾げた。これといって盗られて困るようなものも思い当たらない。

私室に入ると、確かに誰か侵入者がいたことに、すぐに気づく。荒らされてはいないが、少しずつ何かが違う気配がする。

ざっと検《あらた》めたが、特に何も盗られていない。

ふと、なんとなく虫の知らせが働いた。

むくむくとイヤな予感がした。


(…………。…………まさかアレじゃないだろう)

万が一と思いつつ、最奥の、ある目立たない葛籠《つづら》をソッと開けた楸瑛は――。

今朝まで確かにあった『モノ』がなくなっているのを見て、みるみる真っ青になった。

・・・・・・・・

同時刻、劉輝も『ご協力感謝する』のお礼状を前に、茫然《ぼうぜん》自失で膝《ひざ》をついていた。

「ナイ……」

金品はそっくり残っている。なのに、あの奥の箱だけがない。いくらさがしてもない。なぜ他は何も盗らずに、あの箱だけがなくなっているのか――。

「なぜよりにもよって、あの箱を盗っていくのだ、怪盗ジャジャーン――――っ!!」

第二幕

　楸瑛と劉輝は、この世の終わりのような顔をして、黙りこくって座っていた。

「――で？　二人とも何を盗られたんだ？　侍御史の俺の力を借りたいから呼んだんだろ？　言わなきゃ捜査もできないぞ。なー楸瑛」

　隻眼《せきがん》の司馬迅がニヤニヤ笑って、劉輝と――特に幼馴染《おさななじ》みの楸瑛を愉快そうに眺めた。

　なんだってこんなことに。

　楸瑛はギリギリと歯がみして迅を睨《にら》みつけた。

　この屈辱、いかばかりか――。

「……ぐ……迅……、お前は怪盗ジャジャーンについて洗いざらい吐けばいいんだ！　私が何を盗ら、盗られたかなんて、お前に話す必要はないッ」

「ほー。んじゃ一人で頑張れ。俺は帰るわ」

「待てぃ」

　楸瑛の剣が一閃《いっせん》した。劉輝は自分の鼻先を剣先がかすめさり、前髪をナナメに斬り飛ばすのを見た。

「――逃がさん。ぶっ殺されたくなければ協力しろ、迅!!　奥歯ガタガタ言わせせんぞ」

　誰!?　劉輝はおののいた。誰だこの別人は――！

　迅は別に驚かなかったが、本気で怒っているのには面食らった。怪盗ジャジャーンの件は迅の耳にも入っているが、上位御史である迅の仕事ではない。下の情報でも、ここまで楸瑛が激怒する怪盗ではなかったはずだ。何か盗られたとしても、楸瑛なら笑って拍手くらいする。はずだが。

「おいおい楸瑛、お前ほんとに何盗られ――おわっ、おま、ヤバ、ヤバイ、本気かよ！」

　抜く手も見えぬ電光石火の剣さばきで、次々迅の退路を塞《ふさ》いでいく。迅は紙一重で避けていたが、かわりに部屋中のものが次々カッ飛んでいった。

　椅子は千切り、机案《つくえ》は一刀両断、なで切りにされた座布団からは羽毛が飛び散り、ぶっ飛んだ花瓶さえ、楸瑛の一閃で木っ端微塵《こっぱみじん》になった。

唖然と見ていた劉輝は、飛んできた半月切りの文鎮に額を直撃され、我に返った。

「あわ、あわわ、わ、わかった。余の盗難品を話すから！ 楸瑛、やめるのだ！ 怖いぞ！ ていうかこんなに散らかして、十三姫と珠翠にあとで説教されるのは余なのだぞー！」

ピタ、と、楸瑛の手が止まった。

迅が珍しく――本当に珍しく、全身冷や汗を流して息を荒げていた。盾代わりにしていた硯《すずり》は半分以上おっ欠け、退路も残りわずか。

（……ぐ、いつも余裕しゃくしゃくなこの俺が……久々に見たぜ……マジでキレた楸瑛……）

楸瑛は微動だにしない。迅は室《へや》を見渡した。

女官が綺麗《きれい》に片付けていた王の室は、二人の筆頭女官が見たら激怒し、面罵《めんば》し、一生口をきかなそうなほどの惨憺《さんたん》たる有様になっていた。

「……一緒に片付けてやるからさ……。蛍《ほたる》にも珠翠にもいわねーから、剣をしまえって」

ようやく楸瑛は、ぱちりと、剣をしまった。

……バタバタという慌てた足音と一緒に、絳攸が劉輝の臥室《しんしつ》の扉を開けた時には――

「お、おい、お前ら、怪盗ジャジャーンに入られたとは本当か――ってなんだこりゃ！」

まるで虎《とら》が百匹暴れまくったような惨状であった。

黙々と楸瑛がホウキをはき、迅が原形を留めている僅かな家具を元の位置に戻している。チリトリを手にした劉輝が、飛散した羽毛でくしゃみをした。なんか前髪も変なナナメになっている。

だがメソメソ涙目なのは、間違えた前髪のせいではない気がした。誰も何も言わない。特にいつもはおしゃべりな楸瑛の背から、異様な気配がした。

絳攸は何かを感じ、……とりあえず自分も雑巾《ぞうきん》がけを手伝うことにした。


「俺か？ 俺が盗られたのは……」

雑巾がけをしながら、絳攸は苦虫を噛《か》み潰《つぶ》したような顔で、存外素直に白状した。

「……地図だ。内朝、外朝、城下町、全部ごっそりやられた。奥の室で、鍵かけておいたのに、だ」

それも絳攸が自分用にわかりやすくつくったお手製の地図で、お子様でも迷わないと評判間違いナシの地図であろう、と劉輝は思った。

一方の迅は、別の意味で困った顔をした。

「地図ね……それは結構、まずいかもな。内朝と外朝の細部まで載ってるような地図は、漏れるとまずい。泥棒にとっちゃあ、大金よりもいいお宝だ」

椅子の破片を片付けながら、チラッと隻眼で楸瑛を見れば、だいぶ落ち着いていた。心の中では反省しているのも見てとれる。迅も少々反省した。

(……まあ、だよな。わざわざ曲げて俺を呼んだとこからして、マジだったわけで)

どうでもいい盗難品なら、呼ぶわけない。

からかったのは悪かったが、ちょっと面白い。

「どうせ地図は全部頭に入ってるからな。今すぐそっくり同じ地図も描ける。別に盗られても困らん。のだが、お前の言う通り、悪用されたらまずい……それが気にかかって」

見栄よりも持ち前の良心が勝ち、白状しにやってきたらしい。そこらへんが絳攸の美点だ。

「……あと、気になることが……いや」

絳攸はぶつっと言葉を切って、黙りこくった。

「……？　で、王様、あなたは怪盗ジャジャーンに何を盗られたんです？」

チリトリのゴミを捨てていた劉輝は、うっと口ごもった。しかしさっき白状すると叫んだ手前、劉輝にも黙秘は許されなかった。

「お、奥の部屋にしまっておいた一つの箱を……」

「中身は？」

「…………。わ、藁《わら》人形と……。秀……トアル女性の昔の貴妃衣裳とか、思い出の使用済み枕とか毛布とか、トアル兄上を忍ぶよすがの品々とか……」

しん、と沈黙が落ちた。

迅は帳面なぞなくても頭に全部情報をしまいこむ能力があるが、今のは聞かなかったことにしたいと思った。ものすごく余計なことを聞いた感じ。

「王様…………紅黎深化《こうれいしんか》してきてんぞ。いい加減にしないと、お嬢ちゃんに訴えられるぜ」

誰も何も言えなかった……。

「あと……」

「ってまだあるのかよ!」

「……も、も、もも、ももも……」

「……『モモモモ』? 何の擬音語ですか。あ、桃も、ですか? 桃も盗られたんですか」

「違う! 一緒に箱にしまっておいた、もっ、も、『桃色香』も盗られた……」

『桃色香』? 絳攸は不審げな顔をしたが、一方の楸瑛と迅は弾《はじ》かれたように目の色を変えた。

「『桃色香』!? まさか『眠る前に焚《た》けば、見たい夢が何でも見られる』っていう、あの噂の!?」

「一時期闇市に出回って金千両とかで取引されてたやつ! 御史台《ぎょしだい》で取り締まっても偽物《パチモン》ばっかでさ。ま、まあ、どうせ王様のも、ニセモノ――」

「本物だ。余は前に、霄太師《しょうたいし》から試作品をもらってな。試作品ゆえか、半分くらいの割合ではあったが、見たい夢はちゃんと叶《かな》ったぞ。そのあと、改良したってまた一つくれて……。いつか一人で楽しもうと大事にしまっておいたのに!」

霄太師が『桃色香』の調香師――!!

迅と楸瑛はぷるぷる震えた。

「一個金千両で荒稼いでトンズラなんぞ、晏樹《あんじゅ》様ばりのごうつく悪党だと思ってたが、霄太師かよ!」

「霄太師が作ったなら、ほっ、本当に見たい夢が」

劉輝はむふふ、と恍惚《こうこつ》そうに笑った。

「余はその夢で秀麗と――ふ、ふ、ふふふふ」

劉輝は全部言えなかった。楸瑛と迅に首をつかまれてつるしあげられたからだ。その時の劉輝がどんな夢を見たのかは、また別の話である。

「……我が君、確認しますよ。盗られたのは、改良型の本物『桃色香』ってことですね？」

「いや『桃色香』も盗られたけど、いちばんは秀麗や兄上との思い出の品で――」

「王様、そんなのはどーでも結構。……んじゃ、怪盗ジャジャーンが本物をもってるわけか」

　絳攸だけが冷たい目をしていた。そりゃあ絳攸にだって見たい夢はある。方向音痴でないオレ。唯一の（←と彼は思っている）弱点を克服したオレ。行きたいところに迷わず行ける最高のオレ。百合《ゆり》や秀麗の羨望《せんぼう》と称賛の眼差し。もう他人の目を気にしない人生。――だが、まあ、そのくらいだったがために、絳攸には彼らの必死さが理解できなかった。

　惚《ほ》れた女にフラれっぱなしの迅と楸瑛にとって、現実は厳しかった。疲れた心を束の間の夢で慰めたって、何が悪い。しょせん夢――されど夢だ。

　迅は劉輝を放すと、上から目線で笑った。

「……楸瑛、親友のためだ。被害にあった可哀相なお前のために、協力してやってもいいんだぜ」

「いやちょっと待て親友より王様の余の被害――」

「ハァ？　迅……いっとくが『桃色香』は早いモノ勝ちだからな。お前にくれてやると思うな」

「だからその『桃色香』は余の盗難品――あだっ」

　楸瑛も劉輝を投げ捨て、真っ向から睨み合った。

　しかしそこはそれ。

　互いにここで潰し合ってあっさり共倒れより、まずは共同戦線を張って怪盗ジャジャーンを追うほうが得策と考えるくらいの頭はあった。幸か不幸か。

　男四人は掃除を放り出して、車座になった。

　楸瑛は七夕飾りみたいに芸術的にギザギザになった料紙（のなれの果て）を引っ張り出し、おっ欠けた硯《すずり》と墨、輪切りにされてすっかりチビてしまった筆を用意した。ちびた筆はどことなく悲しげだ。

「……李《り》絳攸が地図、王様がどうでもいい思い出箱で、金品の被害はナシ。俺にこの仕事が回ってこないのも、後ろ暗いやつらが上訴できないのもあるが、そういったの以外だと、盗られたもんがかなりどーでもいい物品、て話があるからなのさ。楸瑛、家のやつから何かきいてないか?」

楸瑛も、紅家の家令が『金品は何も盗られてない』といっていたのを思いだした。

「藍家《うち》も、貴重品は何も盗られていなかったはずだ。が、下男たちがおかしなことをいってたな。『なんであんなものを盗ったんだろう。むしろ手間が省けてよかった』……とか」

もっと突っこんで訊きたいのは山々だったが、『若君、もしかして何か盗られたんですか⁉』などという話にでもなったら、藍家をあげて大捜索されるのが目に見えていたので、それ以上訊けなかった。

「紅家《うち》も、穴のあいたナベやら、欠けた茶碗やらが消えたとかいうのは聞いた……」

呟《つぶや》く絳攸の顔が、心なしか妙に暗い。

迅はチラッと見たが、今は突っこまなかった。

「ふむ。穴のあいたナベや欠け茶碗ねぇ……で、王様、後宮で他に被害は?」

「うーん。関係あるかはわからんが、張り切って焼いた菓子が皿ごと消えたって、十三姫がしょげていた。あと珠翠も、『一晩かけて縫った雑巾が全部なくなった』とか言ってたな」

思わず楸瑛は吹き出した。

裁縫の苦手な珠翠殿が、縫い物? 雑巾と悪戦苦闘している姿を思えば、ちょっと微笑ましい。

「その二人は確か他にも——、……。……」

王はなぜか楸瑛を横目で見て、ボソッと言った。

「珠翠は他に『二人で行けば恋愛成就☆甘味屋特別招待券』を盗られたと言ってたな……」

「!!!!!」

心臓が凍ったのは楸瑛だけではなかった。

実のところ、絳攸も凍りついた。以前、その『恋の甘味屋特別招待券』を巡って二人はイロイロあったのだが、それもまた別の話である。

「恋の甘味屋特別招待券って——あの⁉ あれを、

珠翠殿が手に入れたんですか⁉」

「うむ。千里眼まで駆使して根性で抽選を当てたらしい。……ズルじゃないかと思うが」

恋愛成就の甘味屋ご招待券――‼

誰と行くつもりだ！　楸瑛《じぶん》でないのは確かだ！

「どうも、縫いものの合間に眺めていて、雑巾ごと盗られたらしい。あと十三姫も、例の催しで紅家が出す『二人で遠乗り♪赤兎馬《せきとば》に乗って二人の距離も縮めよう、乗馬体験玄人限定』の券を、焼き菓子と一緒に奪われたと、しくしく泣いて可哀相だった」

今度は迅がギクリとした。乗馬券に、菓子？

ノホホンとしている劉輝を見る。

「……なあ、王様、ちょっと訊くが。蛍と、今度遠乗りしようとか、約束してたりしないか」

「あ？　ああ、よく知ってるな。だが余も十三姫も、なかなか一緒の暇がなくてなぁ……」

「……。で、消えた蛍の手作りお菓子は、誰が食べる予定だった？」

「余だ。でも余を呼びにきてくれた合間に、お菓子泥棒にあったらしくてな……」

手作り菓子に仲良し乗馬券を添えて。サア出陣。

――ジャジャーン、時々いい仕事もするじゃん。

楸瑛と迅は微笑んだ。捕まえても、恩に報いて情けをかけてやらねばなるまい。だが今は。

(即刻怪盗ジャジャーンは私の手で捕獲せねば！　秀麗殿とかが捕まえて、甘味屋ご招待券を珠翠殿に返却されたりしたら――イカン！　先に見つけて、ひそかに処分だ、処分！)

(蛍……悪いが、俺はもうお前のためには生きてはやれんと決めたんだ！　俺は非情な男だ)

楸瑛と迅は昏《くら》い熱意を燃やした。

『桃色香』もほしいが、恋の招待券×2もすみやかに手に入れ、闇に抹殺せねばならぬ。あと楸瑛のナゾの盗難品。絳攸の地図と劉輝の秘密の箱は、結構どうでもいい。二人は私情に走ってなんら恥じるところはなかった。それが藍家一門。

ふと迅は絳攸の顔色が前より悪いのに気がついた。

「……李絳攸？　どうした。他に何かあるのか」

「いや……あの、あのな、お前ら、知らない、のか？　いや、珠翠と十三姫は今どこにいる？」

楸瑛は怪訝《けげん》そうに友人を見た。

「今どこって――絳攸、どういうことだい？」

「地図を盗られてから、俺なりに怪盗ジャジャーンについて調べた。あいつらは、モノも盗るが、時たま『人』も消える。しかも時間差で消える」

「人もさらうってのか？　まさか。そんなら御史台《うち》に情報がきてないわけがないだろが」

「一日二日で帰る。無事で。だが何があったか、一切言わない。それからずっと物憂げで何かを悩んでて……まるで、心まで盗まれた……ように」

絳攸の、このいい方――。全員が息をのんだ。

大体、養父の方をさらって、何をどーする。

「ま、まさか絳攸、百合姫が……？」

「そうだ！　百合さんがあの晩忽然といなくなったのに気がついたのは俺だけだ。昨日俺が帰ったら、何もなかったみたいに家にいた。何を訊いても『何でもない』の一点張り。なのにあれからずっと思い悩んだ顔で……！　か弱い百合さんが口にできないような非道な真似を――おのれジャジャーン!!」

「いやちょっと待て絳攸。気がついたのは俺だけって……旦那の黎深殿は？」

楸瑛は思わず突っこんだ。突っこまざるを得なかった。絳攸はボソボソと答えた。

「れ、黎深様も怪盗ジャジャーンに何か盗られたみたいでな……『私がやられたのだから、悠舜《ゆうしゅん》も被害にあってるかもしれん！』とスッ飛んでって家を空けたまま、いまだに帰ってこん……」

なんという最低の旦那であろうか。

「俺の調べだと、さらうのは女性が多い。だから」

い、い、い、い、い、い、い、
珠翠と十三姫は今どこにいる――？

楸瑛と迅はユラリと立ち上がった。

まるで地獄から牛頭《ごず》と馬頭《めず》が金棒もって、片っ端から殴り殺しに湧き出てきたかのようだった。

重量級の両開きの扉が木っ端微塵に砕け散った。

次いで二人の姿がかき消えた。

絳攸はもとより、劉輝でさえ、いったいいつ二人が扉をぶち破って出て行ったのかわからなかった。

劉輝と絳攸は、怖くて後を追えなかった。


――だが二人が駆けつけた時には、珠翠と十三姫の姿はどこにもなく、後には『ご協力感謝する』の礼状だけがむなしく落ちていたのだった……。

第三幕

時――怪盗ジャジャーンが後宮から二人の女を連れ去ったあと。場所――ある尋問部屋。

……ジジ、と蠟燭《ろうそく》が燃える音がする。

ぼんやり暗い室内には、三人の男がいた。

墨をする男、立つ男（隻眼）、座る男。

蠟燭が灯っているのに、部屋はやけに薄暗かった。

心が陰鬱《いんうつ》だと、世界まで暗くなるんだね……。墨をする男が、そう独りごちる。目をやれば、三人の男はみんな同じ顔をしていた。世界の終わり。

――……聴取をはじめよう。

立つ男が、座る男に、厳粛にそう言った。

今まで黙りこくっていた座る男が、うつむいて、はい、と呟き、話を、はじめた。


……あの晩、僕は従弟《いとこ》の家に、妻子を連れて訪ねました。従弟は工部侍郎《こうぶじろう》もつとめる高官で……これはあなたがたの方が、よくご存じですよね。

従弟は客人を一人連れて、遅くに帰宅しました。お客は、楊修《ようしゅう》君でした。

眼鏡をかけた……ええ、楊修君があの夜、ジャジャーンに盗られてしまった、眼鏡……。

あ、知ってます？　彼、面白いんですよ。酔うと『刑部尚書《けいぶしょうしょ》の日常』とか一発芸するんです。意外？

……あれ、言っちゃダメだったかな……。

でも彼がそこまで酔うのは、東小島《ひがしこじま》の八岐大蛇《ヤマタノオロチ》といわれる従弟と飲む時くらいで……。そしてそこまで飲むと、楊修君も記憶をなくすようです。

……そうです。だからあの晩、メガネに何があったのか、楊修君は知らない……。

楊修君はあの日……自分の眼鏡がないのも気づかず、へべれけで帰りました。

次の日、楊修君が怒鳴りこんできました。従弟が眼鏡を捨てたと思ったようです。その眼鏡も飽きただの変えろだの、従弟はやかましかったですから。

……あ、確認ですか。はい。

あの晩、従弟の家から消えた物品は、三つ。

楊修君の眼鏡、従弟のコテ――ええ、彼が毎朝髪を巻くための――そして、カラ箱が…一つ……。

従弟も、やってきた楊修君に激怒しました。

彼も、楊修君が自分の愛用のコテを奪ったと思っていました。あのコテは碧宝《へきほう》職人特注品で、世界で一本だけの『玉のコテ』……。悲劇でした……。

生涯の友人と思う二人が、すごい罵《のの》り合いで。

従弟は楊修君に「私のコテを返しなさい、このネズミ小僧ならぬメガネズミめが!」なんて叫んで、眼鏡を山ほど叩きつけました。いえ、盗まれたものとは違います。鼻メガネとか蝶々型女王様メガネ、ガリ勉メガネ、目が描いてあるメガネとか……そうです、宴会余興ネタ用のお笑い眼鏡です。

……楊修君、怒りましたよ。「一個も使えんわ、このバカ!」って。当たり前ですよね……。

でも髪を巻けない従弟の怒りは凄《すさ》まじくて「女王メガネで鞭《むち》片手に世界をドン引きさせりゃあいいんですよ! 気に入らなければ落ちてる針金を丸めて藁半紙でもはめてなさい! 事と次第じゃ縁をぶった切りますよ元友人!」――ひどい。『元友人』ですよ。すでに縁を切っちゃってるじゃないですか。

挑戦状は、きてたみたいです。後でわかったことですが。でも多忙な従弟はうっちゃってて、サッパり知らなかったらしくて……予告当日にみんなで飲んだくれちゃって……こっちが東小島の八岐大蛇《ヤマタノオロチ》みたいなオチになっちゃったんですよね……。

だからあの晩、ジャジャーンがくるなんて、従弟も楊修君も、僕も、誰も知らなかったんです。

……知ってたら、僕はあんなこと……。

……いえ、か、隠してることなんて……。……。

い、いいます……。盗られたカラ箱……実は……カラじゃなかったんです。あの箱に、僕が、楊修君のメガネをソッと入れてしまったんです——！

あの晩僕は、彼の眼鏡をうっかり踏んづけて壊しちゃって——謝るつもりでした!!

でも割れ眼鏡は危ないから、カラ箱に入れといたら……ジャジャーンが——！　ごめんよ楊修君！

あと、消えた従弟のコテ……。……。

……あの、これ、本当に従弟に言わないでくださいよ。どうせバレるんですけど、今の僕の心はこれ以上の衝撃には耐えられない……。いえ、僕は関与してません。でも、僕の……妻が……。……。

あの日、ホラ……妻子と一緒に泊まったんですが、妻も従弟と同じ巻き毛で……。妻はあの日、自分のコテを忘れたのに気づいて……。

勝手に……従弟のを見つけてきて、拝借してて……多分……朝には返すつもりだったと……。

……でもその朝、妻と息子は、消えました……。

コテをもって……。ジャジャーンと一緒に……。

——僕への天罰です！　歌梨《かりん》さん!!　万里《ばんり》！　さがしているのにどこにもいない！　僕の心はもう耐えられない。耐え——え、帰ってきたヨッパライ!?

——暗転。

「楸瑛……これが、新たな被害者、欧陽《おうよう》家御曹司、欧陽純《じゅん》からききとった事件の全貌《ぜんぼう》だ……。いいか、絶対もらさないという条件での自白だ。言うなよ」

「……いや、私も一緒にいただろうが。……でも、結構、色々隠してたね……欧陽純殿……」

調書を読み直しながら、楸瑛は遠い目をした。

「ジャジャーンが盗った時には、楊修殿の眼鏡は壊れていて、欧陽玉殿のコテは、さらわれた歌梨殿のついでに消えた、かもしれない、と……」

楸瑛は被害名簿の楊修の欄にあった『眼鏡』を、『壊れた眼鏡』に書き直した。迅が顎《あご》に手をやった。

「そして、碧《へき》歌梨と万里は、三日以上たつのにいまだ消息不明……。ここが今までと違うな」

今まで、ジャジャーンと関連して消えた人々は、三日以内に帰宅していることがわかっている。

だが歌梨と万里の母子は、消えっぱなしだった。

欧陽純は貴陽を駆けずり回り、やがて奇行にひた走るようになった。帰ってきたヨッパライとかいう謎《ナゾ》の天啓受信で駆け去ったのはまだマシだった。

芸能家らしく「竜宮城に行ってくる！」などと大河に石を抱えて飛びこみ、失敗すれば「亀《かめ》がいないとダメだ！」とウミガメの捕獲に走り、かと思えば「壺《つぼ》の中に蟻《あり》の国がある！」と叫んで壺売り露天商に頭から突っこんで出血多量したり、「桃源郷で僕を待ってる！」と綺麗な羽衣で絶壁から羽ばたいたりしていた。カメが一番迷惑だったろう。

お家柄、奇人変人には寛容な碧《へき》一門も、これはヤバイと、一門あげて欧陽純を止めにかかっていた。

義弟碧珀明《はくめい》は、朝晩義兄を追っかけ、川から引き上げたり、カメを逃がしたり、壺の弁償をしたり、崖から羽ばたく義兄の足をつかんだりしていた。

監禁してもどうやってか脱走し、碧一門は歌梨母子捜索より、欧陽純の自殺予防に全力をあげねばならぬ本末転倒な日々であった。

これが最後の正常な記録になるかも――二人は沈痛な顔をした。早々に聴取しといてよかった。

「うちは妹も珠翠殿も翌日帰ってきた。けど……」

そう、後宮から消えた十三姫と珠翠は、翌日、絳攸の情報通り、忽然と戻っていた。

そしてまた、二人ともに何一つ語らなかった。

もちろん迅も楸瑛も問い詰めた。楸瑛は妹を、迅は珠翠を。逆だと話どころか蹴《け》り出されるし、そもそも話次第では自分の理性が飛ぶ危険があったので。

「十三！　何があった！　お兄ちゃんに言いなさい!!　話を聞いてあげるから！」

「兄様……ううん、なんでもないの。言えないの……ごめんね。兄様には言えないコトなの……」

「いっ、い、いえ、言えないコト……言えないコトだって!?　なんたることだ！」

目を逸らして黙る妹に、兄の楸瑛は逆上した。

ぅおのれ怪盗ジャジャーン！

一方の珠翠も、ひどく憔悴《しょうすい》しきって落ちこんでいた。訪ねた迅はためらいながら訊いてみた。

「……珠翠、どこで何をされた？　相手はどんな奴だ。力になるから話してくれ。誰にも言わない」

「……聞かないでちょうだい……。あなたには、どうしようもできないことなのよ……。私、あの二人に……。……。私って、駄目な女よね……」

珠翠がポロポロ涙をこぼしはじめたので、さすがの迅も動揺した。一体どんなひどい目に――！

「わ、わかった。俺が捕まえて仇をとってやるから」

すすり泣いていた珠翠は、今度はハッとしたように迅にすがりついて、仰天の懇願をした。

「ま、待って迅様。彼らを捕まえないで！」

「捕まえないで!?」

「これ以上言えないけど、どうかあの二人は見逃して。お願い、お願いします……！」

――まるで心まで盗まれたような――

不意に悪寒を感じて振り向けば、扉の陰で、楸瑛が鬼の形相で仁王立ちしていた。

すら、と白刃が抜かれた。

「この手でギッタギタに細切れにしてシオカラにしてくれるわ、迅！」

「俺じゃねーだろ！　いい加減衝動殺戮《さつりく》はヤメロ!!」

あれから楸瑛は思い出しては怒りに燃え、手近な男に奇襲をかけまくる辻斬《つじぎ》り男と化していた。

運悪く近くにいれば、王や李絳攸でも問答無用で襲いかかったりするので、今の二人は辻斬り楸瑛を恐れて『絶対昼間でも一人で出歩かない』と寺子屋の幼児みたいに固まって動いている。

最大の被害者はもちろん迅だが、蛍を思えば気持ちがよくわかる上、幼馴染みで慣れてもいるので、硯《すずり》をぶつけて我に返らせる程度ですませている。

「コソ泥だけでは飽きたらず、妹と珠翠殿に言えないコトを……！　捕まえないでって、何だ！　そんないい男か！　骨肉片を墓場にばらまいて、鴉《からす》や畜生どもに食わせてくれるわジャジャーン！　夜陰にまぎれて美女や人妻と遊び回る非道の輩《やから》め！」

……最後のひと言はお前が言えた義理じゃねーぞ、と迅は心の中で突っこんだ。

「楸瑛、今はとにかく、次にどこを狙うかの情報収集だ。で、網を張って、ぶち殺…袋叩《ふくろだた》きだ」

「わかってる。……しかし、絳攸の地図はともかく、黎深殿も何か盗まれたっていうし」

碧家の隣に、紅家の黎深、と楸瑛が記す。

黎深の盗難品はナゾなので「?」と書く。

「……『紅黎深が盗難被害』ねぇ……字面だけ見ると、同姓同名の別人に思えるくらい世にも奇妙な調書だぜ……。紅黎深からかっぱらうとはなぁ」

迅がさぐってみたところ、紅黎深も独自で怪盗ジャジャーンに追っ手をかけていた。雑品ではなく、追跡するほど大事なものが盗まれたと見ていい。

あの紅黎深から大事なものを盗む！

「宝物庫や王墓より危険な罠地獄だろうにねぇ……。あと迅、黄奇人《こうきじん》殿だ。近頃様子が妙だから、景柚梨《けいゆうり》殿にさぐりを入れてみた。どうも怪盗ジャジャーンに仮面をゴッソリ盗られたらしい」

「仮面？　そういや朝議でこけしみたいにボンヤリ揺れてたな……。でも仮面は今日もしてたぜ」

「全部じゃなくて、主に壊れた仮面だと。あと一番大事な思い出の仮面、ってのを盗られたらしい」

「……『思い出仮面』って、なんか負けっぱなしの正義の味方みたいな名前だな……」

黄奇人の一番大事な『思い出仮面』。

どんなのだろう……。迅と楸瑛はナゾに思った。

「……ふーん。ここでも『壊れた』仮面をもってくのか。『壊れた眼鏡』と同じだが……」

迅は黄奇人の名前の下に、『壊れた仮面泥棒』と記した。……サッパリ意味がわからない。

「……迅、実は奴らは、ご町内のゴミ収集業者だったりするのかな……」

「つったって、美女まで思いだしたように収集してくのはどーいうわけだよ」

ゴミ収集業者にそんなおいしい特典がついてたら、今頃男子に大人気の就職先だ。

「しかし紅黎深に黄奇人がやられたとなると……。順当にいけば、次はあの方だが……」

「……悠舜殿？　いやー……悠舜殿から何を盗るんだ？　杖《つえ》？　羽扇？　裏庭の茄子《なすび》？　盗ってくもんが何もないだろ……というか盗られたことさえ一生気づかないんじゃ？」

杖を盗られても、「ハテ、どこでなくしたんでしょうねぇ」で終わりな気がする。

「まあ俺も、あの悠舜様まで盗難被害者団体に加入するとはぜんっぜん思ってないが……」

迅が知る鄭《てい》悠舜は、あの凌《りょう》晏樹としのぎを削って譲らない天下の悪党宰相である。

それにここ五日ほどは、家にも帰らず城で仕事に没頭している。スッ飛んでった紅黎深も、邪魔だと閉めだされ、いまだ家に帰らずうろうろしている。

他には別段変わった様子もないが……。

「……ま、念のためだ。ちょっと行ってみようぜ。仕事で帰ってない間にやられてるかもしれねぇし。凜《りん》様はいるだろ。異状がないか訊いてみようぜ」

第四幕

楸瑛と迅はのんびり悠舜邸へと歩いていた。

町中《まちなか》は活気にわいていて、のぼりや提灯《ちょうちん》も出ていて、楸瑛はそういえば催事が近いのを思いだした。

「何だかにぎやいできたね。……でもさ迅、五日も女性が一人で留守宅を守るなんて、不用心だよ。危険だし……何より、寂しいと思うけど、凜殿」

「まあ、たしかに。できた奥方だよな。こまごまと悠舜様に差し入れしてるみたいだし」

ちょうど悠舜邸の小さな門が見えたころだった。

後ろから一台の軒《くるま》が猛然と追い越して、門に突っこむように横付けされた。

中からヒョコッとでてきたのは、悠舜だった。

「あれ、珍しいな。退朝には早いが……。徹夜仕事が終わったみたいだな。黄奇人と紅黎深も一緒か」

悠舜は普段どおりに見えたが、黎深と奇人はなぜか血相を変えて、悠舜を家の中へ引っ立てている。

「奥方があの菓子折を差し入れたのはいつだ！」

「干菓子だというので、結構前で……四日前でしょうかねぇ。でも凜からは別段、何も連絡は……」

「悠舜はノンキすぎるっ」

奇人が菓子折のフタらしきものを叩いている。

楸瑛と迅は、そのフタに違和感を覚えた。

何か黒っぽいものが、見える。動体視力の異常に高い二人はフタの裏に目をこらし、ハッとした。

『今宵、あなたの家の奥で眠っているもの、いただきに参ります』

怪盗ジャジャーンからの挑戦状——!!

「迅……フタの裏ってのが新しいけど、あの筆蹟《て》は確かに怪盗ジャジャーンだ！」

「……おい、四日前にあの菓子箱が届いたって、言ってたよな。盗みは挑戦状がきた晩だぞ」

すでに四日が経過……。

「……あ、もしかしてすでに？　でも何を盗——」

瞬間、二人の耳に、杖を打ち鳴らして奥の室へと爆走する誰かの足音が聞こえた。

たいてい、最奥は奥方の眠る寝所になっている。

迅と楸瑛はゴクリと唾をのみくだした。まさか。

「…………尚書令《しょうしょれい》夫人、誘拐？」

「第一級犯罪だぜ……」

天井裏へ忍んで様子をうかがえば、もぬけの殻の寝台を前に、呆然と両手両膝をつく宰相の姿が見えた。枕の上には『ご協力感謝する』の礼状が一枚。

迅は室を一瞥《いちべつ》して、怪訝な顔をした。

（おかしいな……。連れ去られたにしては、布団も枕もずれてない。やけに綺麗に片付いてるぞ）

（ジャジャーンが直していったんじゃないのか？）

（今まではそんなことしてなかったろう。どっちかというと、これでは凜様が自分から——）

まるで迅の言葉に反応したように、悠舜が何やらぶつぶつとうわごとを呟きはじめた。

「私は……確かに仕事優先で…家にも帰れず……凜にとって良き夫とはいえず……。お土産の花もせいぜいタンポポ一輪、しかも煎《せん》じて飲めば利尿作用がありますよとか、言わんでいいことを言い——」

そりゃ本当に言わんでいいことですよ悠舜様！

迅と楸瑛はガックリ肩を落とした。

下では「細君はきっとカブでも買いに出かけてるだけだ」とか「今夜はナベだ」とか、黎深と奇人が必死でなれない慰めをしているのが聞こえる。

両手を床についていた悠舜が、フッと嗤《わら》った。

「……カブ？　バカ言わないで下さいよ……。争った形跡もなく、キッカリ四日ぶんの埃《ほこり》のつもった寝台。何より凜が差し入れた菓子折にあったジャジャーンの直筆……。あれは、ジャンから私への挑戦状、そして凜からの最後通牒《つうちょう》だったんです」

ジャンて誰だ。面倒だから縮めたらしい。

「そう、凜が菓子折を用意した時、傍にはジャンがいたんです。『旦那様……ジャンがきたわ。一緒にいこうかどうか、迷ってます。でも、今夜あなたがこの挑戦状を見て帰ってきてくださったら、私、どこにも行きません』——そういうことなんですよ」

どういうことなんだ。全員が心の中で突っこんだ。ジャンのせいか、何だか別の話にも聞こえる。

悠舜は構わず語り続けた。主にジャンのことを。

「……フフッ。目に見えるようですよ……。きっとジャンは、仕事仕事と念仏みたいに唱えて五日も家に帰らず、家庭を顧みない私なんかよりも、よっぽど若くていい男で、どこぞの八百屋で寂しそうに一人じゃ食べきれない大根を買う凜を見初め、颯爽と凜の心を盗みにきたに違いありません……。カブは一人でも食べられますからね」

宰相がオカシイ。二人の友人だけでなく、天井裏の迅と楸瑛の背にも冷たいものが走った。

「『大きなカブ』というのもある!」黎深のナゾの言葉も、「うるさいですよ」と一蹴《いっしゅう》される。

「ジャンめに挑戦状を叩きつけられながら……私という男は、四日も菓子折を開けず……ジャンとの決闘にも出向かず……凜は私を、妻より仕事を選んだ冷たい男だと思ったに違いない……っ」

悠舜はくわっと目を剝《む》くと、転がる杖をつかんだ。

「逃げられ夫……逃げられ夫です。凜はさらわれたのではなく、私よりジャンを選んで出て行ったんです。私は夫たる義務を怠り、妻の菓子折を放置したために、見切りをつけられた男なのです。ふっ……笑ってくれていいんですよ、二人とも」

もちろん黎深も奇人も笑えなかった。

いや、誰も笑えなかった。

「なのに捜索さえ友人まかせにすれば、どこまでもドン底亭主!　またしても三行半《みくだりはん》をつきつけられるに決まってます。凜を取り戻すのに誰の手も借りません。黎深、鳳珠《ほうじゅ》、今回余計な手出しをしたら絶交しますよ。……そして、いいですか。万一この件でどこぞの御史が出ばってきたり、さぐりを入れに天井裏に忍んだりしようものなら、百ぺん死んで生まれ変わっても不幸になる呪いをかけますよ」

天井裏にいた楸瑛と迅は凍りついた。

気配は消してる。バレてるはずがない。なのになぜ、悠舜の眼光に射抜かれてる気がするのか。

悠舜はふと室の隅にあった円筒形の筒をガラゴロ引いて上向けると、無表情に火打ち石を打った。

黎深がおそるおそる訊《たず》ねる声がした。

「ゆ、悠舜……そ、それはなんだ」

「今度の催事用に凜が改良した大砲花火です。天井裏のネズミ退治にも使えます」

火薬の匂いがしたと思った次の瞬間、花火が楸瑛と迅のいる天井裏ごとぶち抜いた。

「凜と愛の逃避行とは……ジャン……煮詰めた血の海に沈めてさしあげましょう」

爆風と木くずの中、悠舜は冷たく笑った。

黎深と奇人は、ただ啞然と立ち尽くしていた。


この日、怪盗ジャジャジャーンが宰相邸の天井裏を吹っ飛ばしたと大騒ぎになったが、なぜか御史台及び長官葵《き》皇毅《こうき》はただの一歩も動かず、沈黙を守った。

そして尚書令が何かを盗られたかどうかすら、判然としないままであった。

気のつく誰かが「奥方はご無事ですか？」と訊いた時だけ、尚書令の優しい笑顔が何か別のモノに見えた、という証言もあったが、その意見はいかにも不自然に闇に葬られ、抹殺された。


迅と楸瑛は命からがら宰相邸を脱出した。

「鬼みたいな顔してたよ悠舜殿!!　すごい無表情でなんのためらいもしなかったよね⁉」

「宰相……欧陽家の羽ばたき御曹司みたいな目をしてたな……ゴホッ、ゴホ」

全身火薬臭く、焦げてぶすぶす黒煙があがっている。煤《すす》と煙で涙目だ。もちろん尚書令の眼光にびびったわけじゃないと、二人は自分に言い訳した。

……しかしえらいものを見てしまった。

だが、「私の邪魔をするな」と吹っ飛ばされても、楸瑛と迅だって退《ひ》くワケにはいかない。

十三姫と珠翠をさらい、あまつさえ口にだせないことをした報いを受けさせねばならぬ。そして。

（私の盗難品と『桃色香』奪還、そして珠翠殿の『恋の甘味屋ご招待券』断固阻止！）

（『桃色香』確保と、『二人で仲良し乗馬券』の可及的すみやかなる即時破棄！）

――たとえ恐るべき暗黒尚書令を向こうに回してでも、退けない理由がある。

このときの二人の決意を知ったら、凌晏樹や葵皇毅は心から拍手したかもしれなかった。

ちなみに劉輝と絳攸は、出かけたと思ったら、燃え盛る日と一緒に体も燃やして帰ってきた二人に、ドコでナニをしてきたのか、ついに訊けなかった。

第五幕

……あれは、宋隼凱《そうしゅんがい》が若かりし頃のことでした。

そういって、彼は墨をする男に、語り始めた。

『その昔、隼凱がまだ結婚前、愛妻殿と恋文を交わしていたのは、知る人ぞ知る微笑ましいお話でございます。愛妻殿は愛情こまやかに文を送りましたが、隼凱は昔から、あれあの通りのガサツな若者……』

ふうっと溜息《ためいき》をつくと、朝廷の誰もがさわりたいと思うヒゲが、そよそよとそよぐ。

『「隼凱だ。元気だ。ごはんはちゃんと食え」の三行ぱかし書くのに十日もウンウン悩み、料紙と墨を無駄にし、緊張のあまり漢字も間違え、「元気だ」を「天気だ」と書いて出してしまう始末……』

書き取っていた墨をする男が、ガクッとした。

――隼凱だ。天気だ。ごはんはちゃんと食え。

もらったほうも意味不明である。

『胥太師はゲラゲラ笑い転げるだけでしたし、亡き茶太保《さたいほ》もどうにもこうにもにっちもさっちも。しかしある日、たまたま文面を見た櫂瑜《かいゆ》が激怒しまして、ビシバシ恋文の添削指導をいたしましたのです。隼凱も、涙ぐましい努力を致しましての……ふふ』

懐かしむように、モコモコ眉毛《まゆげ》が遠く揺れる。

『なんと最後には、「オレが脱穀したコメでごはんを炊いてくれ」などというこそばゆい愛の言葉まで書けるようになりましたのです……！』

愛の言葉なのか、と墨の男は遠い目をした。

秋の収穫の話かと思ったよ……。

『そう……隼凱が怪盗殿に盗られたのは、かの「愛の思い出脱穀機」。あと実は仙洞《せんとう》省も、国宝の仙具がゴッソリと……どういたしましょうねぇ……』

ちんまりと悲しげにうつむくその姿さえ、思わず捕まえたくなるほど愛らしい、うーさまである。


「まさか、宋太傅《たいふ》までやられたとはな……」

盗難品——『愛の思い出脱穀機』。

うーさまが知っているのは、宋太傅が深夜、人目を忍んで失せモノ占いにきたからだという。

「宋太傅……すごく切羽詰まってたみたいだよ。なんか、細君との恋文をコメ脱穀機のなかにしまいこんでて、それごと盗られちゃったらしくて……」

「……アチャー……」

さすがの迅もそれしか言葉が出てこない。他人ごとながら、ものすごくいたたまれない。

「で、うーさまの失せモノ占いの結果は？」

「それがさ……『蚤《のみ》』、だってさ……虫のノミ」

方角ですらなかった。楸瑛はまた遠い目をした。

「リオウ君が、箸《はし》で仙洞省中の蚤を血眼で捕獲してたよ。『国宝盗難がバレたら羽羽《うう》が処刑だ！』って……跳ねる猫のノミまで箸でつかんでた……」

「相変わらず敬老精神あついな、リオウ……。でも虫のノミって、なんだ。羽羽様の占だから確かなはずだが……サッパリわかんねーぞ？？？」

怪盗ジャジャーンを追えば追うほど、日々奇々怪々なナゾが増えていく一方だ。一つも減らない。

「碧家の歌梨と万里もまだ消えたままだし、あと、悠舜殿の奥方、凜殿も消えっぱなし……」

その二家の旦那は、ともに人としての一線を踏み外しかけている。

一日二日で帰宅する者が多いが、中には三人のように帰らない者もいて、規則性もない。

「八家狙いでもない。身代金その他の要求もない。……正直、百合殿だけは旦那の元に返品されないほうが幸せだったんじゃないかと思うが……」

「あっバカ、迅、言ってはならんことを言ったな」

ちなみに当の『旦那』は今も帰宅せず、暴走する悠舜に振り回されてる毎日だ。

迅は片目で宋太傅の名前をしげしげ見直した。

「……宋太傅までしてやられたのが、ひっかかるな」

「出し抜けるのは紅山《こうざん》のサルくらいだよなぁ」

迅も楸瑛もフッと口をつぐんだ。出し抜く。

「……そんで、美女を次々さらう、全身黒ずくめ。宋太傅を出し抜く猛者《もさ》。失敗皆無の凄腕《すごうで》」

「あっ、〝黒狼《こくろう》〟!? 黒いし、きっと冷酷無比の超絶美形とかで、力ずくで妹と珠翠殿を！」

〝黒狼〟の正体を知る迅は、うっと動揺した。確かに邵可《しょうか》なら珠翠が「捕まえないで」と懇願したのも筋が通る。だがその他はまるきり筋が通らない。

何せ百合もさらわれているのだ。

弟の嫁を力ずくで――なんて、まるで別冊桃色草紙ばりの愛憎劇開幕だ。話が変わってしまう。

「……い、イヤー……楸瑛、ち、違うと思うぜ……俺は違うと思いたい……」

「？　……待てよ。この条件……他にも誰か……」

全身黒でキメキメ。美女好き。人妻歓迎。宋太傅をもこえる異常な強さ。いい男（推測）。

「――あ」

「ああー！」

――いた。

◆・・・◆・・・◆

その晩、孫陵王《そんりょうおう》は一人、庭院《にわ》の四阿《あずまや》で酒を飲んでいた。綺麗に照り映える月を見て、粋に笑う。

「月に煙草にうまい酒。いいねェ。こういう静かな晩は、月の佳人でも舞い降りて、しっぽり――」

そのとき。本当に月から、ナニか黒いモノが二つ、こっちにポーンと降ってくるのが見えた。

「……美女、じゃ――ねぇ!! なんだありゃあ」

月を背に、塀をヒラッと乗り越えてきた黒っぽい二つの影は、地獄の獄卒のごとく爛々と闇に底光りする目で、いきなり陵王を襲撃してきた。

「黒キメの闇装束が目印で、剣まで真っ黒クロスケ。美女好きかつ古今無双の強さ――〝剣聖《けんせい》〟ともあろうものが、夜な夜な破廉恥《ハレンチ》きわまりない行いを! 見損ないましたよ陵王殿ッ!!」

「いくらあなたとはいえ、やっていいことと悪いことがあんですよ、陵王様!! くらえ、天誅《てんちゅう》ーっ!!」

「――って、楸瑛に迅かよ!! なんだお前らはいきなり! うお、おお!? あぶ、あぶね――おわっ」

裂帛《れっぱく》の気合いで闇討ちしてきた二人に、陵王は慌てて煙管《キセル》で防戦した。藍門随一といわれた二人組だけあって、組んだ時の強さはシャレにならず、陵王は本気で肝を冷やした。射程距離の違う剣と方天戟《ほうてんげき》の長所を阿吽《あうん》の呼吸で組み合わせ、恐ろしいほど隙のない連撃攻撃を電光石火で叩きこんでくる。

それより何より、この気迫のこもりようはどうだ。またたくまに〝剣聖〟陵王を邸の壁際まで追い詰めてのけると、二人はくわっと眦《まなじり》を決した。

「怪盗ジャジャーン陵王様、年貢の納め時ってやつですよ! 『桃色香』を独り占めし――」

「次々美女を誘拐して妹と珠翠殿に言えないことをしたその罪万死に値する! 殺《と》るっ!!」

――次の瞬間、迅と楸瑛の天地がひっくり返った。

え、と思った時には、地面に叩きつけられていた。

煙管をかんだ陵王がすぐ前にいた。二人の首の皮すれすれで、双の白刃がピタリと不気味に輝く。

いつ自分たちの得物を奪いとられ、返す刀でしたたかに叩きのめされたのか、全然わからない。

ふーっと、煙草がくゆった。

「……せっかくのいい晩に、月下美人どころか、闇討ち小僧がトンチンカンに襲ってきやがるたァ……」

一拍。陵王は煙管で二人の頭を思いきり殴った。

「ついてるだけのスイカ頭なら割ったるわ！」

「アチ、熱《アチ》っっ！　火、火がついてますってば！」

「焦げてハゲるからやめてください陵王様っ！」

「っせぇわ！　頭から燃えろバカ二人！　なんっで俺が怪盗ジャジャジャーンなんだよ！」

楸瑛と迅は頭を押さえて、心底驚愕《きょうがく》した。

「エッ違うの⁉」

「黒が目印で、美女人妻好きで、向かうところ敵なしで女を陥落させるったら……てっきり」

陵王は青筋を浮かべたが、怒るべきか悩んだ。

むかつくような、微妙に嬉《うれ》しいような。

「美女も籠絡《ろうらく》するいい男らしいんで、二十代か三十代と当たりつけてたからなァ」

「予想より歳くってたから、盲点だったよな、迅」

今度は迷わず二人の脳天に拳固《げんこ》を食らわせた。

「美女はともかく、なんで俺が穴あきナベとか、思い出仮面とか、楊修のメガネとか玉《タマ》ちゃんのコテとか、コメ脱穀機とか盗まなきゃなんねーんだよ！」

——あえて見ないふりをしていた矛盾点を。

「……いやまあ……そこらへんは……ご近所のネズミ小僧が盗ってったってことで」

「ホラ、メガネ男子への憧れとか、料理男子とか、巻き髪系オヤジにビックリ大変身とか……」

「……お前ら……俺にイチャモンつけて襲いかかる理由がほしかっただけじゃねェのか」

二人はギクッと目を逸らした。〝剣聖〟孫陵王は勝負を挑んでもスタコラ逃げる。相手にもしてくれないので、勝負に目が眩《くら》んだのは確かだ。

結局、あの攻防戦でも、煙草の火さえ落とせなかったのだけれども。それを思うと、楸瑛も迅もムッとした。……二人ならイケるかと思ったのに。

「だいたい、今夜ジャジャーンは左右羽林軍《うりん》に出るはずだぜ。挑戦状がきたって、黒《くろ》と白《しろ》が喜び勇んで報告に飛んできてたからな」

「えっ⁉　羽林軍に挑戦状⁉　二人で殴りこみ⁉」

まるきり知らなかった二人は仰天した。特に軍属の楸瑛は呆れ果てた。……バカじゃなかろうか。

「なーんだ。マジで陵王様じゃなかったんか……」

二人は心底ガッカリした。

楸瑛と迅は倒れた椅子や卓子をスゴスゴ元に戻しにかかった。酒瓶と盃は枝にひっかかって『避難』させられており、腹立たしいやら悔しいやらだ。

「でも、陵王様、妙にジャジャーン被害に詳しいじゃないですか……。それに、珍しいですね？　一人で晩酌なんて。旺季《おうき》様はいないんですか」

一つきりの盃を拾って、迅が首をかしげた。

「旺季なら五日前から出かけて留守だぜ」

「……は？　旺季様が五日もお留守⁉　護衛は⁉」

怪盗ジャジャーンにかかりきりで、すっかり旺季をほったらかしだった迅は青ざめた。

「旺季も怪盗ジャジャーンを調べててねェ。だから俺も詳しいワケ。んで、五日前『怪盗ジャジャーンから今日旺家《うち》にくるという手紙がきた。説教する』つって、そっから姿がねぇから、説教しに行ったと思うわ。あいつホント政治家より寺子屋の先生とかのがよっぽど天職――うお、なんだよ迅！」

酒を飲もうと手を伸ばした陵王は、瞬間移動の如く詰め寄ってきた迅に盃を投げつけられた。

「なんだよじゃないですよ陵王様！　さらわれてんじゃないですか旺季様！　五日前に！」

「あんなヒゲオッサンさらってどーすんだよ‼」

「そりゃ陵王様みたいな濃ゆいヒゲオッサンは道端に落ちてたって拾いませんがね！　相手は旺季様で

すよ⁉ あの晏樹様が『僕の宝箱にしまってどこかに持ち去りたい』なんて寝言ほざくくらい、しょっちゅう男に追っかけられてる人ですよ⁉」

オマエもな、と陵王と楸瑛は心の中でつっこんだ。

旺季までかどわかされたらしいと知り、楸瑛はみるみる闘志がしぼみ、微妙な気持ちになった。

消えて五日なら、歌梨や万里、柴凜《さい》と同じ『帰らず』組に入ってしまったようだが――なぜ、旺季。

(子連れ人妻旺季殿……ジャジャーンの趣味が……わからナイ……)

「マジかよ！ なんてこった！ まさか知らんトコで旺季様までひっそり盗まれてたなんて！ コッ皇毅様と晏樹様はこのこと、ご存じないですよね⁉」

「多分な。あいつらも最近、なんかよそごとに気をとられてるみたいだからな」

知ったら最後、問答無用の貴陽血祭り開幕だ。

貴陽中の二人組が端《はし》から撲滅されて、きっと『相棒』とかまで死語になる。

「旺季様……くっ、どこまで不幸な星の下にお生まれなのですか！ 晏樹様には目をつけられ、老後までふざけた怪盗の魔手にッ！ いや、薄幸の旺季様は、俺の方天戟で守ると決めたんだ！」

十三姫と珠翠が消えた時より、『盗まれた旺季様』のほうがずっと動転している気がするのは、楸瑛の目の錯覚だろうか。

「老後とか不幸不幸いうな！」と陵王が文句を言ったが、迅の耳には届かない。

楸瑛は思いだした。そういえば迅は昔から「幸《さち》薄いコイツは俺が守る」的な立ち位置が好きだった。

(……そうか……だから三つ子の兄なんか丸無視で、旺季殿を主君にしたのか……)

ファンブック《こんなところ》で、知られざる事実がまた一つ。

「うおおお！ 楸瑛！ 羽林軍に行くぞ!! 旺季様、いま司馬迅がお傍に参りますっ!!」

迅は猛然と走り出した。小さくなる親友《とも》を見送る楸瑛の肩を、陵王がぽんと叩いた。

「どうだ、楸瑛。妹の婿候補、迅はヤメて、俺ってのは？　最強の〝剣聖〟で、カッコ良くて独身で、何より惚れた女は一番に大事にするぞ？　義兄《アニキ》と呼んでやろうじゃねェの」

「………………」

一瞬、本気で天秤《てんびん》にかけて考えてしまった自分に、楸瑛はガックリと絶望した。

第六幕

羽林軍宿舎の周辺は、騒然としていた。

二人は静蘭《せいらん》と皐韓升《こうかんしょう》を見つけて、身を隠した。傍に白大将軍と黒大将軍もいたが、立っているだけでビリビリ響くような怒りを放出している。

(嘘だろ。羽林軍まで出し抜きやがったのか!?)

(いや、いくらなんでも羽林軍の包囲網を抜けるはずがない。意表を突かれたとしか――)

その時、白大将軍が怒りの咆吼《ほうこう》をあげた。

「怪盗ジャジャーン！　男の最後の砦《とりで》!!　フンドシを狙いやがるたぁ、ふてぇ野郎だっ!!」

意表――……。

そばでは、今日の洗濯係だった新入りがわぁわぁ泣いている。まだ武官にもなっていない従卒の少年で、彼が夕刻、稽古《けいこ》を終えた先輩たちのフンドシを一生懸命洗って干し、夜半、もう乾いたかなーと思って取り込みに行ったら、残らずフンドシが消えていて、あとには『ご協力感謝する』の紙切ればかりが残っていたという。夜昊の下でハタハタと何十枚ものフンドシがひるがえっていた場所には、今はもう物干し竿《ざお》がむなしく転がるばかりである。

迅と楸瑛は両膝をつきそうになった。

(なぜ、フンドシなんだ――……)

(……男のフンドシを大量強奪するとは……ますます意味がわかんないぞ、ジャジャーン！)

白大将軍は怒り狂っていた。

「――許せねえ！　ぜってぇ許せねぇぜ！　奴らは

ヽ、ヽ、ヽ、ヽ、オレと燿世のフンドシだけ置いてったんだぜ!!」

二人の手には、確かにフンドシがあった。刺繍《ししゅう》でくまなく総取られ、白大将軍は白虎《びゃっこ》に竹林、燃える闘魂と書かれていて、黒大将軍のフンドシは大海原で漆黒の大鷲《おおわし》対大蛇、国士無双とか書いてある。

……迅と楸瑛が盗っ人でも、あの気合い入りまくりのフンドシは盗らない。盗めば不幸になりそうで、絶対盗らない。あれは堅気《カタギ》のフンドシじゃない。

「オレと燿世《ようせい》のフンドシだけ盗られなかったなんて知れたら、それこそ大将の沽券《こけん》に関わる!! 赤っ恥かかせやがって!! ジャジャーン——許さねぇ!!」

盗られて怒るのではなく、盗られなくて激怒するという摩訶不思議《まかふしぎ》。

楸瑛はふと目をこらした。

なぜだか、静蘭が異様に静かに黙りこくっている。

隣の皐韓升も気づいたのか、静蘭を慰めるように笑いかけるのが見えた。

「あ、大丈夫ですよ。茈《し》武官のはすぐ見つかりますよ。ほら、フンドシに自分で名前を縫いとってたじゃないですか。まじるとイヤだとかいって、ちっちゃく隅に茈静蘭て——ハッ」

皐韓升だけでなく、遠くにいた楸瑛と迅もぞわりと総毛だった。見えずとも感じる——。

静蘭がおそれているのは、『怪盗ジャジャーンに自分のフンドシ(しかも自分で縫いとった名前入り)を盗まれた』ことが天下にばれることに違いなかった。確かに一人だけ名前が入っているのだ。見つかったらフンドシ盗難被害者とばれないはずがない。

その潔癖さが逆にアダとなった。

地を這《は》うような嗤い声が楸瑛の耳にまで届いた。

「怪盗ジャジャーンとかいいましたか……くくくく……草の根分けても捜しだしますよ」

続いて、吐き捨てるように呟かれた拷問方法を耳にした皐韓升は震え上がった。遠目から唇を読んでいた迅と楸瑛も慄然《りつぜん》とした。野郎のフンドシを盗んだだけなのに、そこまでするなんて——。

また一人、人間の皮をかぶった獄卒が増えた。

静蘭は韓升をお供に従え、ジャジャーンを滅殺《めっさつ》すべく、鬼の形相で即刻去っていった。

「ぐ……まずい、静蘭までジャジャーン確保にのりだしたか……！」

「急ごう。俺らもすぐに足取りを追わねぇと」

先を越されてはならじと、追って二人もジャジャーン追跡に向かおうとしたときだった。

「あン？　おい燿世、そこの物陰にコソコソしてる二匹のネズミがいるぜぇ……」

白大将軍と黒大将軍の眼光がゆっくり動き、ひそんでいた場所をギョロリと射抜いた。

楸瑛と迅の全身から血の気が引いた。

「ネズミ二匹……ジャジャーンが戻ったか⁉　おるぁ、俺のフンドシをもっていけぇぇぇえー‼」

ええええ――――⁉

黒大将軍が槍《やり》を一振りし、自らの国士無双フンドシを白球のごとく打ち飛ばしてきた。単なる布なのに、豪速球で楸瑛と迅の顔面めがけて飛来する。

ジャジャーン違います！　人違いです！

そう反論する暇などありはしなかった。

あれに当たったら心まで再起不能の死球だ――。

楸瑛と迅は脊髄《せきずい》反射で敬遠決定し、全速力で退避にかかった。しかし相手は天下の近衛《このえ》大将軍。

電光石火で詰めて追ってきた。

「おるぁおるぁおるぁあああ、てめぇら、俺の闘魂フンドシの何が不満だコルァ！　くくりつけてでももってかせたるわー‼　もってけドロボーがぁ‼」

西瓜《すいか》の叩き売りみたいな文句が、今の楸瑛と迅にはシャレになっていなかった。押し売りだ。

つかまったら最後、タコ殴られて鼻血出して、冥《めい》途《ど》の土産に腰にくくりつけられるに違いない。

想像した楸瑛はゾッとした。人生一番の恐怖だ。

（ヒィ――！　イヤだ！　そんな死に様はイヤだ）

（逃げ、逃げきるぞ‼　くそぉ、ジャジャーンを追っかけてぇのに、なんでこーなんだよ！）

襲いくる正確無比な強弓《ごうきゅう》や槍やフンドシや羽林軍大将軍らを、必死でかわしながら、二人は丑《うし》三つ時の街中《まちなか》を、西へ東へ、死ぬ気で逃げ惑った。

藍門一族の名だたる藍《らん》楸瑛と司馬迅が、立ち向かうなど思いもよらず、恐怖にかられて敵に背を向け、ひたすら逃げて逃げて逃げまくったのは、このときだけであった。

のちに、ギリギリで逃げ切られた黒白大将軍が「怪盗ジャジャーンは敵に背を向ける弱虫だ!」とぷりぷり怒っても、迅と楸瑛は黙って耐え忍んだ。

愛と勇気と友達がいても、立ち向かえない時も、男にはある。

その晩、怪盗ジャジャーンと呼ばれる二人組は、今夜も首尾よく仕事をやりおおせ、月の下を飛ぶように駆け抜けていた。背にしょった包みには、強奪してきた大量のフンドシが入っている。

背の高い方が、自慢げに笑った。

今日もいい仕事をした。

「ふふ……万事、順調だな……」

「ええ……。もうすぐです」

背の高い影が、ふくらんできた月を見上げて笑う。

そう、もうすぐ、すべての準備が終わる——。

「楽しみだな」

ハイ、と小さな影が答える。

二人は夜の闇にまぎれるように、かき消えた。

王都・貴陽に 怪盗ジャジャーン あらわる!

◎盗まれたモノ

李絳攸…お手製の地図
紫劉輝…藁人形・ある女性と兄上の思い出の品々・桃色香
十三姫…手作り焼き菓子・『二人で遠乗り♪赤兎馬に乗って二人の距離も縮めよう、乗馬体験玄人限定券』
珠翠……一晩かけて縫った雑巾・『二人で行けば恋愛成就☆甘味屋特別招待券』
楊修……壊れた眼鏡
欧陽玉…特注品コテ
紅黎深…盗難品不明
黄奇人…一番大事な『思い出仮面』と壊れた仮面
宋隼凱…『愛の思い出脱穀機』細君との恋文付き
羽羽……仙洞省の国宝の仙具
羽林軍…大量のフンドシ(静蘭の名前入りフンドシ含む。ただし黒白大将軍は除く)
他

◎消えた人

百合姫
珠翠
十三姫
(以上、帰宅済み)
碧歌梨と万里親子
凜
旺季
(以上、帰らず組)

怪盗**ジャジャーン**の**正体**と**目的**は!?
消えた**人々の行方**は!?

こういう場《ファンブック》ならではの時空を超えて(?)アノ人もコノ人も出てくるお祭りストーリー、どうぞ後編もお楽しみください!

後編

第七幕

また少しふとった月の下、怪盗ジャジャジャーンと呼ばれる二人組は、今日も全速力で駆け抜けていた。

「コラー！　おまえら、待てって言ってるだろが!!」

背には今日も回収したモノで、ずっしり重い。

だが二人はさらに速度を上げた。

待つわけにはいかない。止まるわけにはいかない。

自分たちには約束がある。

――約束は、絶対に守らねばならぬ。


「ハア……昨日もつかまらなかったか……」

楸瑛《しゅうえい》は膳《ぜん》をかっこみながら、いっそ感心した。

毎晩追えば、さすがに一、二度くらいは遭遇する。

昨日もちょろりと見かけたが、それも遠目で一瞬だけ。あっというまに逃げて、雲みたいに消えていった。背格好さえいまだよくわからない。

他にも鬼気迫る剣豪たちがウロウロ徘徊《はいかい》しているというのに、正体さえつかませずに消えていく。

「……こんだけ人とモノを収集しまくってれば、広い置き場所も必要なハズだがな……」

迅《じん》は茶がゆをすすりながら、自分の言葉にふっと何か引っかかるものを覚えた。保管場所。

ちなみに、膳を用意したのは劉輝《りゆうき》と絳攸《こうゆう》である。

羽林《うりん》軍からフンドシが強奪された日、まるで地獄を見たような形相で、明け方帰るなり卒倒した二人に、劉輝と絳攸はやっぱり何も訊《き》けなかった。今度は目の光もうつろで死んだように消えていた。

またナニがあったのか……。二人は訊かずに、黙って膳の汁を温め直し、今もそれをつづけている。

「……こうなりゃ、タンタンの力を借りてみるか」

「あっ、タンタンか！　タンタン君ならアリだな。静蘭《せいらん》と協力とかは死んでもイヤだけど、タンタン君ならいい。弱み握って脅せば、長いものに素直にまかれて、記憶を消去してくれそうだからね」

「……お前……なんだかんだいって、三つ子の兄貴と血が繋《つな》がってるよな……」

今、確かに藍《らん》家の青い血が垣間見えた。

「タンタンはたまに俺らの予想外で正解を拾ってくるからな。『タンタン効果』はまるきり役に立たないか、大当たりを引き当てるかの二つに一つ。二分の一の確率なら、悪くないだろ」

「確かに。タンタン君は御史台《ぎょしだい》かな？」

「それが、ちょっと前から病欠なんだよ。ま、食い終わったら、家に行ってみようぜ」

「風邪かな。お見舞いに桃でももってってあげよう」

楸瑛はふと茶がゆに映るやつれた自分に、うつむいた。パリポリ。漬け物をかじる音まで物悲しい。

「……タンタン君ちなら、暗黒尚書令《しようしよれい》の邸《やしき》とか、羽林軍みたいな、悲惨な目にはまかり間違っても遭わないから、それだけでも、ホッとするよね……」

一拍おいて、迅も、こっくり頷《うなず》いた。

今だけは、タンタンが彼らの心の癒《いや》しであった。

◆・・・❖・・・◆

二人がお見舞いの桃をもって蘇芳《すおう》邸へついたとき、ちょうど一足先に、蘇芳邸の門をくぐって中にトタトタ入っていく少女がいた。

「あれ、秀麗《しゅうれい》殿じゃないか。やっぱりタンタン君を心配して、お見舞いにきたんだな」

「参ったな。お嬢ちゃんがいると、ジャジャーンの話ができないぞ」

とはいえ、門前でボケッと待ってるのもなんなので、追って二人も門をくぐった。

蘇芳の邸はがらんとしていた。御史台の差し押さえで金目のものは残らず消え、廃墟《はいきょ》の一歩手前みたいな有様だ。給料も払えないので、門番もいない。龍蓮《りゅうれん》が見たら喜んで棲《す》みつきそうだな……。

楸瑛はフト思った。

座敷童《ざしきわらし》みたいに、気づけば勝手にいるに違いない。

「……しかし、やけに静かだね？　というか、不気味なくらい空気が重たいのは気のせい？」

「いや、俺も……沈鬱《ちんうつ》ってか……重くて暗《くら》……。葬式に参列しにきた気分だよ……」

この邸全体に鬱々《うつうつ》と漂う、絶望的なまでのうら寂しさはなんだろう。

そのとき、邸の奥から秀麗の声が聞こえてきた。

「タンタン！　どうしたの。ちゃんとお医者さんに診てもらった？　またヤブ医者に引っかかったんじゃないの？　薬代が足りないならなんとかするから、なんでもいってちょうだい！」

楸瑛と迅はそろって顔を見合わせた。おざなりでなく、本気で驚き、うろたえたような声だ。

すると「ほっといてくれ！」と蘇芳が叫ぶのが聞こえた。切れ切れに、啜《すす》り泣きも聞こえてくる。

てっきり、単なる風邪だと思ってたが——。

「た、タンタン君……そんなに病状が悪化してたのかな⁉　気楽にきちゃったよ」

「……まずい時にきたな。怪盗ジャジャーンの話とか、できる雰囲気じゃないっぽいな」

二人は足音を忍ばせ、ソッと奥へ向かってみた。

扉の隙間からのぞくと、ツギハギの当たったボロい煎餅《せんべい》布団を頭からかぶって泣く蘇芳と、その傍で沈鬱に目を伏せる父・榛淵西《しんえんさい》の横顔が見えた。

（うわ、まずい。お父さん、本当に深刻そうだ……）

（ま、まいったな……タンタンの方はどうだ？）

（布団をかぶって……いや、転がり出てきたぞ）

突然、両膝《りょうひざ》を抱えながら、蘇芳がダンゴムシみたいに布団から転がり出てきた。

父の淵西が秀麗に何ごとか話している横で、蘇芳は、突然何かを思い出したように滂沱《ぼうだ》と涙を流したり、「ウヒャヒャヒャヒャー」などと笑ってコロコロ布団を転がったり、寂しげに歌い出したりした。

見ているほうが怖すぎる不気味さだ。


迅も楸瑛も、ゴクリと息を呑《の》んだ。間違いない。

（や、や、やばい。心の病だよ、迅！　また一人、御史台の希望の火が消えてしまった）

（う、御史台《うち》、多いんだよなー……。職場が職場だから……。でも、タンタンなら乗り越えてくれるって、俺、信じてたんだぜ⁉　あの茈《し》静蘭のイジメにも負けねぇ心の強さがあると）

蘇芳は膝を抱えたまま、うつろに死んだ目で、チクタクと左右に無意味に揺れつづけている。

楸瑛はくっと目頭をおさえた。

（……迅……今のタンタン君には、周囲の助けが必要だよ……彼は私の癒しだったんだ。及ばずながら、私も何かしてあげたい。タヌキ顔の可愛い女の子を看病に回してあげたいと思う）

（楸瑛……。ああ…そうしてやってくれ。恩にきるよ……。心の病は難しいが、絶対治ると俺は信じてる……。あいつ、俺の……大事な後輩なんだ……）

（迅……つらいな……）

扉の向こうでは、父がしょげかえっていた。「やっぱりあの歳で彼女もいないから……」という呟《つぶや》きが聞こえる。やはり考えることはみな同じだ。

その時、淵西は蘇芳を振り返った。

「そうだ、蘇芳。秀麗さんじゃダメか」

楸瑛と迅は戦慄《せんりつ》した。今、二人の目には、閻魔帳《えんまちょう》のタンタン死因が、病死→紅黎深《こうれいしん》に書き換わったのがはっきり見えた。親心が恐怖の裏目を叩き出した。なけなしの寿命ももはや風前の灯火《ともしび》。そよ風が吹けば燃え尽きるくらいに一瞬で目減りしたハズだ。

しかし『ギリ線を見極める男』と葵《き》皇毅《こうき》に評された蘇芳は、ここでその底力を発揮し、あざやかに人生の危機を回避してみせた。

生気を取り戻し、カッと力一杯叫んだのだ。

「何いってんだ！　こんなちんくしゃに、俺の心の恋人麗華《レイカ》ちゃんのかわりが務まってたまるかー！」

……うん？　立ち聞きしていた二人は、何かを感じた。なんだろう、今――。

さっきまで、セミの抜け殻みたいにカサカサ転がっていた蘇芳は、突然あふれるほどの生気を放ち、泣きながら自らの思いのたけを絶叫した。

「ううっ……レイカちゃん……！　桃色草紙創刊号から一冊も欠かさず追いかけて、二十枚限定発売・等身大美人画だって徹夜で並んで買って、折り目もつかないよう大事に大事にとっといたのにっっ！　三十二冊全部盗まれたんだぞ⁉　もう二度と手に入れられないんだぞ。世界は灰色だ。お先マックラだ。これ以上生きてる意味なんかねー！」

「蘇芳っ！　だから早く現実の彼女をつくれといったんだー！」

「それができりゃ桃色草紙に走るわきゃねーだろ、バカ親父《おやじ》！　くそー。邸はデカイけど、俺んちもうビンボーなんだぞ。ささやかな幸せまで奪っていきやがって、怪盗ジャジャーンめ‼」

ギャースカ元気に親子喧嘩《げんか》をし始めた蘇芳は、どこもかしこも健康そのものであった。

どうやら職場にも出ず、病の床についた理由は、怪盗ジャジャーンに『桃色草紙既刊全三十二冊と特製レイカちゃん等身大美人画』を盗まれたからであったらしかった。

一拍おいて、迅と楸瑛はフッと遠い目をした。

「……楸瑛……タヌキ顔の可愛い女の子、紹介してやる必要はねぇと思う……」

「ああ……ポン子ちゃんがいなくても、すごく元気みたいだからね……」

楸瑛と迅は廊下の隅にお見舞いの桃をソッと置いて、その場をあとにした。

青い空が、やけに二人の目に染みた。青すぎる。

迅はぽつりと呟いた。

「『タンタン効果』は、役に立たないか、大当たりを引き当てるかの二つに一つ……」

すでになんの役にも立たないのは明白であった。

心の癒しであった蘇芳だったが、彼自身の心が癒しの必要な状態だった。いや、頭の方であるかもしれない。どちらにせよ、誰にもどうしてやることもできない。レイカちゃん以外には。

楸瑛は巻物をとりだすと、ジャジャーン被害名簿に蘇芳の名を記し、『桃色草紙』と書いた。

「……治す気のない病って、難しいよな、迅……」

「つらくはねぇよ……。それがあいつの幸せなんだ。あいつ、やっぱ御史台に向いてるぜ……」

『桃色草紙』を失っただけで、天下の御史台を病欠する強い男は、後にも先にも誰もいない。

――そのあと、廊下にソッと置かれたおいしい桃を発見した蘇芳は、桃じゃなくて桃色草紙を返してほしいんだー！　と号泣した。

第八幕

怪盗ジャジャーンはそれからも毎晩出没した。

そして大物政治家たちが権力と探査網を駆使し、

殺気立った猛者《もさ》らが毎晩徘徊しているのにもかかわらず、被害は拡大の一途をたどっていた。

楸瑛と迅は、王と絳攸が冷やした桃を咀嚼《そしやく》しながら、増えゆく被害名簿を前に額を付き合わせた。

「管飛翔《かんひしよう》殿『四十五年モノ秘蔵酒』盗難事件……」

「貴陽《きよう》滞在中の劉志美《りゆうしび》、愛用の化粧道具一式を厠《かわや》に置き忘れ、慌てて戻れどもすでに影も形もなく、ジャジャーンの礼状だけが残される」

「やはり貴陽滞在中の姜文仲《きようぶんちゆう》殿……の副官が、鋭意執筆中だった『姜文仲名語録』を盗まれる」

「刑部《けいぶ》の来俊臣《らいしゆんしん》――古い棺桶《かんおけ》の一つが盗難被害。中に入れてた五寸釘やちびた蠟燭《ろうそく》、ヒビの入った鏡、枯れた菊、呪いのザンバラ髪なども一緒に消失」

「礼部の魯《ろ》尚書《しようしよ》、修理しようと庭先に出していた、ヒヨコ用のカゴが一夜のうちに消える」

「景柚梨《けいゆうり》、挑戦状と礼状があったけど、何をとられたかイマイチわからず、気にせず放置」

なんと、今や国中の名だたる大官が片っ端から被害に遭っていた。そして名だたる大官らにもかかわらず、この盗難品の果てしなくどうでもいい感じといったら、どうだろう。

「……彼ら……この国の為政者だよね……」

「………言うなよ……絶望するだろ……」

景柚梨のおおらかさと、魯尚書のヒヨコ用カゴくらいしか慰めが見いだせない。

「まだ被害に遭ってないのは、御史台《うち》の葵長官と陸《りく》清雅《せいが》とお嬢ちゃんくらいか？」

「あと、門下省の凌晏樹《りようあんじゆ》殿だろ。邵可《しようか》様も聞かないな。明暗がわかれたなぁ……。まあ、さすがは御史台ってことか……悔しいけどさ。それにしても正体もだけど、いまだに目的も全然つかめないよな」

ふと、迅は楸瑛の言葉に顔をあげた。目的。

何かが引っかかった。謎の盗難品の数々。

そう、何か目的があるはずなのだ。目的……。

迅は頭の片隅でそれを考えながら、他にも引っかかってる二つの名前を睨《にら》んだ。

「ここに至っても、葵長官と清雅が静かすぎるってのも、気になるんだよな……」

「いいじゃないか。葵長官とか清雅とか秀麗殿とか、本職御史台が出ばってくるなんて、考えただけでゾッとするよ。私たちの今までの苦労なんか尻目《しりめ》に、あっというまに御用《ごよう》にしそうでさ」

「俺も本職の御史だっつーの！」

とはいえ確かに、ジャジャーンを独自に追跡する者たちは、いまだ捕まらないことに怒り狂い、人が捕まえていないことに胸を撫《な》で下ろすという、複雑微妙な葛藤《かっとう》の渦に日夜悶々《もんもん》と支配されていた。

「……いや、やっぱ変だ。あの二人なら、この機に弱みを握ったれって、情報収集くらいはする。この徹底した無視は、逆に不自然だ。第一、あの皇毅様が旺季《おうき》様の不在にまだ気づいてない。ありえない」

「……陵王《りょうおう》殿もいってたな。『あいつらも最近、なんかよそごとに気をとられてる』って」

「……。さぐり、入れてみるか」


楸瑛と迅は桃を食べ終えると、立ち上がった。

◆・・・・◆・・・・◆

秀麗は重い足取りで出仕していた。気分も重い。きっとのしかかる肩の荷の重さであろうと思う。

『お願いします秀麗さん！　息子のために、なんとか盗まれた桃色草紙を取り返してやってくださいませんか！　このままでは息子は人としてダメになってしまうと思うんです！』

すでにダメなような気がする——と秀麗は思ったが、言えなかった。あの魂の抜けきったような蘇芳の顔。死んだサカナみたいな腐った目をしていた。きっと頭も腐ってる。いやいや違う。

それもこれも怪盗ジャジャーンとやらに桃色草紙を盗まれたせいだ。あんな廃人みたいになっちゃって、タンタンが可哀相だと思わないの秀麗——！

しゃきっと背を伸ばしてみるが、すぐ溜息《ためいき》と一緒に丸くなる。子泣きじじいがのってるようだ。だがのっているのは、子のため泣く父さん。重い。

「……はあ~。怪盗ジャジャーンねぇ……いい加減情報収集くらいはしとかないと……」

催事の準備で多忙だが、むげにもできない。

とりあえず聞き込みでもしようかと思った矢先、前方から宿敵・陸清雅が猛然と歩いてきた。

秀麗は呻《うめ》いた。ヤなヤツに会ってしまった。

(……でも清雅の情報網なら、手当たり次第に百人訊くよりよっぽど確実だし――)

すると、秀麗を見留めた清雅のほうが、珍しく先に立ち止まった。心なしか、顔色が悪い。

「……なんか顔、青いけど、どうしたのあんた」

「……ッ、気のせいだ! ところでお前――」

清雅は秀麗の顔を穴が空くほど見つめた。まるでこの上なく大事な情報が秀麗の顔に書かれてないかとでも思っているようだ。

秀麗がキョトンと見返すと、清雅はどこかホッとしたように、いつもの嫌味も言わず、「何でもない。忘れろ」とだけ言い捨ててすれ違った。

「相変わらず感じ悪いわね。せっかく怪盗ジャジャーンのこと訊こうと――」

瞬間、清雅がスゴイ勢いで引き返してきた。

「なっ何よ!! どうせバカだの暇だの言うん――」

「――手伝ってやる」

幻聴かと思った。だが清雅はいつにもまして凶悪に笑っていた。目がヤケッパチだった。

「ありがたく思え。まさか断るわけがないな?」

いつもなら一歩も退《ひ》かない秀麗だが、この日は清雅の異様な迫力に圧《お》され負けた。

ちょうどそのとき、清雅を尾行していた迅と楸瑛の耳にも、その会話は入ってきた。

(迅! 陸清雅が秀麗殿を手伝うって……嘘だろ!? 最悪の二人が参戦してきたぞ!)

(………)

迅は黙って片目を細め、腕を組んだ。

第九幕

あの陸清雅と紅秀麗が手を組み、怪盗ジャジャジャーン逮捕に始動――。

その時、朝廷に激震が走った。

抜群の捜査能力をもつ御史二人が、ついに出陣。

ジャジャジャーン追跡者たちは先んじられるのを恐れ、二人の上司・葵皇毅に「止めろ！」とありとあらゆる外圧をかけ、懇願し、拝み、金を積んだ。

いつもなら、そんなもんは歯牙《しが》にもかけず打ち棄てる葵皇毅であったが、今回は珍しくそれらの嘆願を受け入れ、すぐさま秀麗と清雅を呼びつけた。

「――命令だ。追うな。すっこんでろ」

常に永久凍土で暮らしてるような顔をした皇毅だが、今回はいつにもまして極寒だった。

眉間《みけん》の皺《しわ》も、いつもより三本も多い！

（なに⁉　怪盗ジャジャジャーンて、タンタンから桃色草紙とレイカちゃんを盗んだだけじゃないの⁉　長官がここまで本気で圧力かけてくるなんて！）

被害届はただの一枚も提出されていないうえ、近く迫る催事の準備で何かと多忙だった秀麗は、この半月余りの騒動をサッパリ知らなかった。

「？？？　いえ、あのぅ、で、でも長官――」

「もう一度言う。――スッこんでろ。いいか、今回お前は脇役だ。後編でようやく登場してきたくせに、今回も自分が主役と思ってるのか。お前が追わんでも話は進む。身の程をわきまえろ！」

ええ――⁉

それに敢然と刃向かったのは清雅の方だった。

「その命令、聞けませんね。だいたい、どうして怪盗ジャジャジャーンごときに、葵長官が俺たちを呼びつけて、そんな命令をするんですかねぇ。何か、俺たちにさがされたらマズイ理由でも？」

皇毅の顔から、一切合切の表情がかき消えた。

いつもなら皇毅対秀麗か、清雅対秀麗になるはずが、皇毅対清雅というナゾの対決になっている。

飛び散る火花に、秀麗はおののいた。何、どうしてみんな怪盗ジャジャーンにそんなに本気なの!?

「ふ……もしかして皇毅様、『今宵《こよい》、あなたの家の奥で眠っているもの、いただきに参ります』とかいう文でももらったとか? まだ盗まれていないなら、俺たちが護衛してあげますよ」

「――調子に乗るなよ清雅。ケツの青いコワッパが。誰にモノをいってる。今すぐ北の万年雪原地帯にパンダと一緒に永久左遷してやってもいいんだぞ」

秀麗は「へ?」という気の抜けた声をもらした。

「あの、それなら……今日、家《うち》で見ましたけど……」

瞬間、皇毅と清雅が目を剝《む》いた。

「今日だと!? おい、本当か!」

「う、うん。でもそれ――」

「ということは、今夜奴らが忍びこむのはお前の邸か! 清雅! 即刻邵可邸に最重要厳戒態勢を敷け! 他の輩《やから》に出し抜かれるな。私も出る」

今まで喧嘩していたのが、なぜかいきなり団結した。その時、ある考えが落雷のごとく秀麗を貫いた。

(――はっ、ま、まさか……二人がこんなに必死でジャジャーンを追う理由って)

あまりの戦慄と衝撃に、体がよろめいた。

まさかそんな。そんなことって。

「……も、もしかして……葵長官と清雅……怪盗ジャジャーンに――」

皇毅はカッと目を見開くと、立ち上がった。

たったの三歩で秀麗に詰め寄る。瞬間移動したかと思ったほどの速さだった。むんずと腕をつかまれ、いきなり抱き上げられた。

そのまま、皇毅は猛然と歩き出した。清雅も後から完全なる無表情で付き従う。回廊の官吏や衛士《えじ》が啞然と見送る中、競歩の勢いで驀進《ばくしん》する。

秀麗の御史室につくと、皇毅はぺいっと荷物のように放り込み、鍵《かぎ》をかけた。さらにその上からどこで調達してきたものか、清雅と二人で板を金槌《かなづち》でガンガン打ち付けた。ついでに外に回って窓もことごとく打ち付けた。みるみる室内が真っ暗になる。

「――今夜一晩はそこでおとなしくしてろ。明日になったら出してやる」

全部すむと、扉の向こうで皇毅はそう言い捨て、清雅とともに去っていったのだった。

「……葵長官と清雅も盗《や》られてたってワケか」

迅は回廊の柱にもたれて、葵皇毅と陸清雅がどこかへ立ち去るのを眺めていた。

葵皇毅が二人を呼びつけたときから、一部始終を見聞きしていたが、いつもの警戒や平常心が軒並みスッ飛んでいるあの二人は、面白いくらい珍しい。

「そんなことより迅、怪盗ジャジャジャーンが今晩邵可邸に出るって、聞いただろう！」

「そこだよ。……『今日、家《うち》で見た』、ねぇ」

息巻く楸瑛と違って、迅はさっきからずっと何ごとか考えこんでいる。

「……珠翠《しゅすい》の『捕まえないで』。盗《と》ったモノの置き場所……。ガラクタ盗難。羽羽《うう》様の『虫のノミ』。……なあ楸瑛、確かお嬢ちゃん、例の催事に駆り出されてたよな。ほら、余興の一つに主上《しゅじょう》が『典雅一武闘会』とか、アホな提案してたやつ」

「ハア？　催事？」

楸瑛はすぐにでも迅を引きずって邵可邸の張りこみに飛んでいきたかったが、しぶしぶこらえた。

こういうときの迅の考えはよく当たる。

迅が頭脳型なため、一緒にいると楸瑛がまるきり頭を使わなくなるのも、昔からの癖である。

「そういえば。雑用だけど、確かに秀麗殿、仕事の合間にこまごまと手伝ってたはずだよ」

迅が考えをまとめるように小首を傾げた。

「……と、いうことは、もしや？　――よっしゃ、行ってみるか、楸瑛」

「どこへ？？　ていうか秀麗殿は？　あのまま？」

「お嬢ちゃんはいないほうが都合がいい。それに、ちょうど勝手に助け出しそうな人もきたしな」

顎《あご》で示された先を見れば、凌晏樹がいた。

長い巻き毛を揺らし、るんるんと面白そうな足どりで、回廊を曲がってこっちに向かってくる。

「……まさか、黒幕、凌晏樹殿？」

「んにゃ。今回ばっかりは違う。だからお嬢ちゃんは大丈夫。晏樹様に任せて、行こうぜ」

「だから、どこに、何しに？」

迅はニヤッと笑って答えた。

「どこへは、行けばわかる。何しにってのは、——盗まれたモンを返してもらいに、だよ」

◆・・・◆・・・◆

（まさか葵長官と清雅が、桃色草紙とレイカちゃんの隠れ愛好家だったなんて——!!）


上司と同僚に御史室に監禁された秀麗は、真っ暗闇の中、衝撃の事実にしばらく放心していた。

きっと怪盗ジャジャーンとやらは、桃色草紙とレイカちゃんを盗んで回っているに違いない。そうして葵長官と清雅もまんまとやられてしまったのだ。

（清雅、もってないとかいってたのに、やっぱりもってたんだわ、桃色草紙……）

御史室を脱出する気も失せていた。

ひどく気分が落ちこんだ。秀麗はあの二人がタンタンと同じ『桃色愛読者』とは知りたくなかったし、等身大レイカちゃんを蒐集《しゅうしゅう》しててほしくなかった。

性格最悪で人でなしな冷血漢でもいい。デキル男たちのままでいてほしかった自分に気がついた。

何だかんだと夢を見ていたらしい。女って、勝手。

「今日の催事の手伝い……あ、ここにも一つ持ちこんでたっけ。せっかくだから、仕上げちゃおう」

秀麗は蠟燭を灯し、一人寂しく内職をしはじめた。

黙々と作業をしていると、急に打ち付けられた窓の一つが奇妙な音を立てた。と思ったら、板がべきべきとひっぺがされ、凌晏樹の顔がのぞいた。

「やあ、お姫様。またなんで監禁されてるの」

秀麗は横目でチラッと見た。驚きもしなかった。

「……なんだ、晏樹様ですか。何か御用ですか。ここにゃあ桃はありませんよ」

今の秀麗は『桃』に厳しかった。この、『桃』好きめ。冷たい目に、晏樹は面食らった。

「え……ね、ねえ。なんで、そんなにやさぐれてるの……。僕、今回は別に何もしてないよね……」

「どうせ晏樹様だって、怪盗ジャジャーンにやられて、御史台にきたんですよ。そうなんでしょう」

「はあ？　確かに怪盗ジャジャーンのことで皇毅をいじる——色々きこうと思ってきたけど」

最近の晏樹の絶好の暇潰《ひまつぶ》しネタだ。惜しくも皇毅が何を盗まれたかまではつかめてないが、何かを盗られたのは知っている。からかうだけで面白い。

「でも僕がジャジャーンにねぇ？　確かにあんまり家に帰らないから、盗られ放題かも。盗られてても多分気づかないし。盗られて困るもの、ないし」

どうも晏樹は桃色愛読者ではないらしいと知って、秀麗はちょっと気をとりなおした。

「で、どうして、監禁されてるの？　上級者の遊びだよね。やっていいなら、今度僕がやっていい？」

……桃色草紙の方が健全な気もした。

「いえなんか、葵長官と清雅がジャジャーンに桃色草紙とレイカちゃんをとられたらしく——ハッ」

うっかり口をすべらせ、秀麗は青くなった。

そろりと晏樹を見れば、なんと、真顔だった。

「……そうか。あいつら……仕方ない奴らだな。ゴメンね、年頃の女の子は、ガッカリするよね。でも皇毅と清雅のために……許してやってほしい」

物憂げに瞳《ひとみ》を伏せ、かわりに謝る晏樹に、秀麗の疑惑は確信に変わった。やっぱり——！

晏樹は必死で爆笑をこらえていた。腹筋が痛い。

あの皇毅と清雅が『桃色愛読者』。

そんな面白い設定、あとで絶対噂にして流そう。

（それにしても皇毅は何盗まれたんだろうなー）

晏樹が首をひねる前で、秀麗がおもむろに『内職』を再開した。秀麗の手の中で綺麗《きれい》に編み直されていくものを見て、晏樹は目をみはった。

さっきは暗くてわからなかったが――。

「……ねえ、それ、どうしたの？　どこで？」

「これですか？　これは、ほら、今度の……」

かいつまんで話をすると、晏樹は笑い出した。

「なんだ。そういうことか。あー、じゃあ怪盗ジャジャーンてのは……。アッハッハ、なるほどね」

何やら一人で笑ったあと、晏樹は秀麗の手元にあるものを、じっと見つめた。そうして、唇だけを動かして、また、なるほどね、と小さく呟いた。

綺麗に編み直されていくのを妙に神妙な顔で眺めていた晏樹は、ややあって、ぽつりと訊いてきた。

「ね、僕ももってきたら、編み直してくれる？」

てっきり冗談だと思ったので、秀麗はふふんと笑って、いつもの晏樹の口癖を逆に返した。

「かわりに何かくれます？」

「いいよ。もってるものなら何でもあげる」

即答だった。秀麗は目を丸くした。

本気でいっているらしい。秀麗はふと笑った。

「ちゃんとあるじゃないですか、大事なもの」

晏樹は驚いたように茶色の目を瞬き、次いでぷいとそっぽを向いた。まるで図星をつかれた子供が拗《す》ねているようだった。

秀麗が笑うと、晏樹はますます不機嫌になった。

「……じゃあ、もってくるから、ここにいるように」

偉そうに言っても、全然サマにならない。

けれどこれ以上機嫌を損ねないよう、秀麗は笑いをこらえ、「はい」と返事をした。

――そしてその日、「怪盗ジャジャーン、今夜邵可邸に現る」との一報が朝廷を駆け巡ったのだが、誰が流したのか、まったく謎なのであった。

邵可は邸で茶を飲んでいた。手の中には催事のお知らせチラシがある。もうすぐだ。

王や娘も頑張っている。成功させてやりたい。

(紅家《うち》の出しものは赤兎馬《せきとば》で遠乗りか……うーん、玄人限定っていうのは、やっぱりいかがなものだろう。百合《ゆり》姫もどうしようか、溜息ついてたけど)

他に一般ウケするもの、ということで、百合もあの二人に何か協力を求められたらしく、「本当にそんなんでいいのかしら？？？　考えてみるけど……」と悩み顔で帰っていった。

邵可はふと、お茶請けの横にあったフタをとった。フタの裏には『今宵、あなたの家の奥で眠っているもの、いただきに参ります』という簡潔な一文。

(さて。そろそろ……誰かくる頃合い、かな)

まさにそのとき。


二つの影が邵可の前後を塞《ふさ》ぐように現れた。

「――邵可様」

邵可は驚かなかった。一番乗りは誰だろうと思ってはいたが、この二人は、結構予想外だった。先陣は悠舜《ゆうしゅん》か葵皇毅あたりと踏んでいたのだが。

一応、邵可は笑ってトボけてみた。

「迅殿に楸瑛殿ではないですか。どうしました？」

迅は隻眼《せきがん》で、にっこりと笑った。

「もちろん、返してもらいにきたんですよ、邵可様。楸瑛の盗難品とか、旺季様とかね」

第十幕

一緒にくっついてきた楸瑛は、呆気《あっけ》にとられた。

「？？？　邵可様が怪盗ジャジャーン？　んなわけないだろう。二人組でもないし」

「ああ。邵可様じゃない。けど――」

そのとき、旺季が奥からヒョコッと顔を出した。

「その声は迅か？　お、迅だな。お前も蚤《のみ》の市の手伝いにきたのか。ちょうどいい。毎日毎日ガラクタが増えてって、人手がほしかったところだ」

普通にノコノコ現れた旺季に、楸瑛は絶句した。

「は⁉　旺季殿⁉　なぜ邵可様のお邸にっ？　――というか、そのお姿はいったい⁉」

……旺季はなぜか、たすきがけで頰被《ほっかむ》りをし、前掛けをしめていた。ちょっと、カワイイ。

「が、ガラクタが多くてホコリっぽいから、仕方がないのだ」

旺季は慌てて頰被《ほっかむ》りを外した。

「――仕方ないじゃないですよ旺季殿!!　ジャジャーンに説教して、さらわれてたんじゃ⁉」

「説教？　ああ、確かに説教しようとして、やってきた二人を正座させて話を聞いたら、逆に感心したから、一緒に行って手伝うことにしたのだ。最近、仕事もなくて暇だったたし」

「イヤ、意味ぜんぜんわかりませんけど⁉」

大官中の大官・旺季が、暇だからって盗みや誘拐の手伝い⁉　凌晏樹じゃあるまいし。

迅は乱暴に頭をかくと、邵可をじろりと睨んだ。

「……さーてと、そろそろ教えてもらいますよ、邵可様。怪盗ジャジャーンの正体」

邵可はとぼけた顔で、茶をすすった。

「怪盗ジャジャーンてなんですか？　そんな人は存じませんが。うちにいるのは――」

そのとき、二つの黒い人影がひらりと落ちた。

楸瑛と迅にも気配をつかませないほどの素早さ。

黒装束に、黒の肩布が颯爽《さっそう》とひるがえる。

ニンマリ笑った三日月の唇。

「さあ！　今日もゆくぞ曜春《ようしゅん》！　もう少しで蚤の市！　追い込みだ！　我ら〝茶州《さしゅう》の禿鷹《ハゲタカ》〟、喜ぶ顔を見るために、日夜ヒッソリ皆々様のお手伝い！」

「ジャ、ジャャーン!!」

自分で叫んで、ビシッとキメの格好をとる二人。

「曜春！　我らは義賊！『アッ、あなた様のお名前は！』と誰かに訊かれたら⁉」

「『名乗るほどのものではございません』！」

「遅刻厳禁・約束厳守！　鍵がなくてもお任せを！　素早く回収・早めのおいとま！」

「予告なしのおたずね奥様ご迷惑！　お礼の言葉も忘れません！」

「よし！　今日もいいぞ曜春！　〝茶州の禿鷹〟は常に慎み深く謙虚たるべし‼」

「ハイッお頭‼」

じゃじゃーん、と別のキメ方をする二人。

迅と楸瑛は床に倒れて動きたくなくなった。

しかし邵可と旺季が眉毛《まゆげ》一本動かさず、パチパチ拍手するのを見ると、どうも毎日やってるらしい。

「迅殿、楸瑛殿、紹介します。我が家に滞在中の、〝茶州の禿鷹〟翔琳《しょうりん》くんと曜春くんです」

二人は迅を見るなり、パッと顔を輝かせた。

「うおお、曜春！　片目だ！　眼帯だ！　義賊っぽくて、超かっこいいぞ！」

「ええ！　そこの方！　一日一善・ご飯は三膳、我が〝茶州の禿鷹〟に入ってみませんか⁉」

勧誘された――。きっとおやつは二時に違いない。

最近仕事がなくて暇な旺季は、ボソッと呟いた。

「若いと転職先がすぐ見つかって、いいな、迅」

「しませんよ！」

なに、そのふてくされたような、いい方！

仕事がないと人は心まで蝕《むしば》まれてゆくのか。

「ちょ、ちょっと待ってください。あの、さっき、なんですって？　もう少しで蚤の市？」

楸瑛は旺季と〝茶州の禿鷹〟を交互に見た。

蚤の市。

確か、家の奥に眠っている不要品や古びたものを持ち寄って、売り買いする市だ。楸瑛の頭の端っこに、何かが引っかかった。ノミ……羽羽様の占い。

家の奥に眠っている不要品を、持ち寄って売り買い……。消えたガラクタの数々。

『今宵、あなたの家の奥で眠っているもの、いただきに参ります』

……まさか？

「迅……蚤の市って……」

「三日後の催事だよ……。ほら、王が『典雅一武闘会』とか出してたやつ」

邵可がぬけぬけと横から言い足した。

「去年までは町でささやかにとりおこなってましたが、今年は朝廷や貴族も関わっていて、出しものもいっぱいありますからねぇ。今年は『蚤の市』とはいえないかもしれませんね」

確かに王の意向で大きな催しになると楸瑛も聞いてはいたが、元は蚤の市だったらしい。

……ちょっと、待て。

「……てことは……『今宵、あなたの家の奥で眠っているもの、いただきに参ります』って……」

邵可は近くの菓子折のフタを手にとった。

「不要品回収のお知らせ文句ですよ。ね、翔琳君。家中の菓子箱のフタやら藁半紙《わら》やらに、片っ端から試し書きして、一生懸命二人で考えてましたねぇ。で、これに決めたんですよね」

ひっくり返したフタの裏には『今宵、あなたの家の奥で眠っているもの、いただきに参ります』。

よく見れば、室《へや》に落ちてる藁半紙だのチラシの裏だのに、決め文句があれこれ書き散らされている。

『参上！　ご近所の何でも屋！　あっというまにお片付けします』『寝ている間に静かにお仕事』『重いモノでもなんでもござれ』『推して参る！』

……推敲も重ねている。

「ちゃんと皆様へのお礼状も、寝ずにいっぱい用意しましてねぇ。感心な子たちではないですか」

盗難後に必ずあった、『ご協力感謝する』の紙。

「えへへ。『お礼の言葉も忘れません！』です！」

照れ隠しなのか、二人はまたじゃじゃーんと別の決め格好をとった。

迅の頬が、ピクピク跳ねた。すっとぼける邵可を睨む。ジャジャーン騒動を知らないわけがない。

――ここに紅《あか》いタヌキがいる。

「ハハ……真夜中に黒装束、黒い覆面でねェ……」

「ホコリ対策ですよ。不要品回収は汚れますからね。コンコン咳《せき》もしちゃいますから」

回収でなく、あれは強奪というのだ。迅と楸瑛は心中そう突っこんだ。楸瑛は自分の口が風車《かざぐるま》にでもなった気がした。カラカラ勝手に回ってる。

「じゃあ壊れた仮面とか穴あきナベとかも……」

「そういうのも直して蚤の市で売って、売り上げを寄付して、人様のお役に立ったらいいなって」

旺季が説教をとりやめ、感心して一緒にくっついてきたわけである。

「でもわからない。男のフンドシを大量強奪したのは、なぜなんだ⁉　蚤の市と何の関係が」

「えっ、あれ人様のフンドシだったんですかぁ⁉　てっきりいらないボロ布だと思って回収に……もう裁断して雑巾《ぞうきん》にしちゃった……んですけど……」

迅と楸瑛は遠い目をした。――正しい。

確かに花形・羽林軍とはいえ、フンドシだけは単なるボロ布であった。煮染《にし》めたような小汚《こきたな》さ。穴があいてもなお使う。男の最後の砦《とりで》は陥落寸前だ。

返してやれ、とは、迅も楸瑛も言えなかった。

「あ、だから静蘭殿のフンドシがあったのか！　すみにちっちゃく名前があったから、うっかり間違って回収したかと、箱に入れてとってあるぞ」

間違って回収したのは他にも山ほどあることに、全然気づいてもいない〝茶州の禿鷹〟。

「返そうにも、静蘭殿はご多忙で、一向にここに帰ってこんから、返すに返せんでいる」

今現在、抜き身の剣を手に貴陽中を徘徊し、盗られたフンドシを血眼でさがしつづける静蘭であったが、まさか自宅にあったとは思いもよるまい。

なら、行方不明の人々は――。

ハトが飛んでるような頭で、楸瑛はきいた。

「……悠舜殿の奥様の、柴凜《さいりん》殿は……？」

「凜殿なら、泊まり込みで、奥で修繕作業をしているぞ！　壊れたものも修理して出したいとお願いしたら、快く一緒にきてくれた。ちゃんと感謝状も渡したら、喜んでくれた」

「凜殿、すごいですよねーお頭！　なんでもあっというまに直してしまって！」

　確かに、発明家でもある凜なら、あらゆるものを解体して修理できるだろうけれども。

「いやでも、凜殿が夫の悠舜殿に黙って、こんなに長い間家を空けるとはとても――」

　旺季が呆《あき》れたような顔をした。

「知らせてるに決まってるだろう。差し入れた菓子折の底に、手紙を添えたと言ってたぞ」

　菓子折の、底。

　迅と楸瑛の脳裏に、黄奇《こうき》人《じん》がもっていた菓子折の『フタ』のほうがよぎった。

　多分。迅と楸瑛は考えた。

　多分黎深ら三人は、差し入れの箱を開けた瞬間目にしたフタの文句に気をとられ、菓子折の『底』なんぞ誰も見ていなかったに違いない。

　そして菓子折の底の手紙は封切られることなく、旦那《だんな》の暗黒尚書令は今もご乱心だ。

「碧歌《へきか》梨《りん》殿と万里《ばんり》くんも、催事用の画を描くのに協力しにきてくれましてね。よくあの二人を連れてきたものだと、感心しました。催事用の大壁画や看板をはじめ、完成したら、幾つかの小品は催事の競売にかけて、寄付の足しにする予定なんですよ。二人は今が総仕上げで、一番忙しいでしょうね」

　そうだろう。旦那の奇行なんぞ耳にも入らぬくらい、仕事に没入しているに違いない。

　邵可はイソイソと旺季に茶を淹《い》れた。

「今年は例年より大規模で、みんなてんてこまいで混乱してたところに、旺季殿がきて取り仕切ってくれたお陰で、テキパキ進んで間に合いそうで助かったと、ご近所さんがたも大喜びですよ。うちも空き部屋だけは多いので、物置にはなりますけどねぇ」

旺季はギロリと邵可を睨みつけた。

「紅邵可、大貴族のお前が率先して動くべきものを、くそまずい茶ァばっかり淹れて回って！」

「まず……でも、みんな飲んでくれますよ。旺季殿だって、なんだかんだ飲むではないですか」

「お前がこりずに淹れてくるからだ！　人の優しさにも耐久限度があるんだ、バカめが!!」

さすが世辞の言えん漢《オトコ》・旺季。

黙って飲むだけの楸瑛は目から鱗《うろこ》の思いがした。

邵可は一向にへこたれず、まずいかなぁと不満げにぼやき、なのにどことなく嬉《うれ》しげだ。

旺季は今度は楸瑛と迅にガミガミ怒鳴った。

「お前たちもお前たちだ。ここまで大がかりなものを、手伝いもせずにフラフラと。だいたい、藍家も出しものの企画を出してきているだろうが」

「エッ!?　嘘？　藍家《うち》も？　誰が？　何やるの？」

まるで寝耳に水だった楸瑛はたまげた。

「あ、そ、そうか。十三《じゅうさん》が、何か――」

「十三姫は後宮方だ。この二人が焼菓子を気に入ってな。菓子皿を返却したとき、じゃあ新作焼菓子を無料で配るといってくれた。当日まで内密だぞ」

楸瑛は皿ごと消えた妹の焼菓子を思いだした。

「藍家は藍龍蓮《らん》が『龍笛終日独演会』で寄付を募るんだろう。なんで藍家の貴様と迅が知らんのだ」

楸瑛と迅はその言葉の意味が理解できなかった。

龍蓮の『龍笛独演会』――!?

「は!?　ちょ、あいつ何勝手に――ていうかそれが『藍家の出しもの』扱い!?　何の冗談だそりゃ！」

「……お、おい、楸瑛……寄付どころかヤジが飛ぶぜ。催事がしっちゃかめっちゃかになるぞ……」

「藍家の名誉もだよ！　私も飛ぶよ！　灰になってね！　旺季殿！　今すぐ出しものの変更を要求します！　あいつ確か、手を打てばハトとかスズメとか出せたから……そう！　『龍蓮の手品笑劇場《しょう》』で！」

「お前はバカか。三日後だぞ。チラシももうできてる。『龍笛独演会』は変更不可能だ」

「そ、そ、そんなー！　そんな殺生な！　無情すぎる。情けを！　情けをくださいっ」

楸瑛はとりすがり、わめき、絶望した。

だが冷血の元御史大夫《ぎょしたいふ》に情けはなかった。

魂が抜けたように床に倒れたまま動かなくなった楸瑛を横目に、迅は天を仰いだ。

（羽羽様の占い、広い保管場所、ガラクタ盗みの目的。お嬢ちゃんの『今日、家で見た』……）

〝茶州の禿鷹〟は邵可の知り合いらしいので、珠翠とも知り合いなのかもしれない。『捕まえないで』も、そのあたりなのだろう。

「あ、そうだ……珠翠。珠翠がやけに落ちこんで帰ってきてたが、アレは？」

ぴく、とシカバネ楸瑛が微かに反応した。

だが、それだけだった。直撃した龍蓮災害があまりに激甚《げきじん》で、文字通り立ち直れないほどの心の傷を負っていた。愛でもこの絶望は癒せない。

珠翠の名に、なぜか沈黙が落ちた。旺季と邵可は目を逸らし、翔琳と曜春も困り顔をした。

「珠翠殿は……『雑巾縫いで裁縫の腕を上げたから、繕いもののお手伝いでも』と一緒にきてくれたのだが、ご近所の奥様方から全然役に立たんと怒られ、すっかりしょげてなぁ……」

「お志だけもらって、お帰りいただいたんですよね、お頭。回収した雑巾の山も、縫い目ガチャガチャでビックリしましたもんね。てっきり失敗作だと思って回収しちゃって……」

子供というのは残酷だ。今のを珠翠が聞いたら、泣いて駆け去ったに違いない。

「コラ、迅、いい加減にしろ。あと三日しか時間がないんだぞ。手伝え」

迅はいまだナゾの楸瑛の盗難品を思いだした。

「はあ、でも少々返してもらいたいもんが……」

「手違い品なら、隣の室に積んである。私と一緒に仕分けしながら、勝手にさがせ！」

瞬間、シカバネ楸瑛が直角にハネ起きた。

すごい勢いで隣室に走り去ってゆく。

「あれれ、あのかたの『手違い品』なら、もうこっちにもってきてたのに……」

見れば、室の隅に藍色の箱がある。迅は驚いた。

「楸瑛のやつ？　なんであるんだ？」

「邵可さんが、多分そろそろだから、って」

迅は藍色の箱をあけてみた。

中には冊子が一つ。めくってみれば日記だった。

『また珠翠殿につれなくフラれた。相変わらず私にだけは氷河期。いまだアンミツにさえ一緒に行けてない。もっと別の誘い方を要研究』

迅は楸瑛の盗難品に、『フラレ日記』と記した。

フラレ日記の他にも、貴陽人気の逢瀬《おうせ》場所各種を記した紙束がごっそり出てきた。女性好みの小物屋、呉服屋、甘味屋も網羅。入れ替わりの激しい店舗も、すかさず更新されている。楸瑛が女にモテる理由だが、相変わらずマメで細かいやつだ。

（……ものすごく、想定内の盗難品だったな……）


隣の室から「ない、ないっ！」という哀れな叫びが聞こえてくる。

頭をかきながら、迅も向かった。旺季が無事なら、次は本来の探しものにとりかからねばならない。

『桃色香』と『仲良し乗馬券』――たとえ砂漠の砂から一本の針を見つけるようなものであっても。

やらない理由にはならないわ――。

主役《おじようちやん》なら、きっとそういうだろうから。

（王様の『秘密の箱』とか、李《り》絳攸の地図とかは……仕分けしながらさがすか……）

一応、邵可を振り返った。『多分そろそろだから』とかいうのをみると、なんでもお見通しらしいが。

「邵可様。多分今晩、他にもいろんなやつが『手違い品』を返してもらいにきますケド」

「そうですか。そういった『お客様』は私がお相手しますから、大丈夫ですよ」

迅はもう何も言わずに、別室にひっこんだ。

紅い夕ヌキに任せとこう。

◆・・・◆・・・◆

……その晩。邵可邸の門に、小さな貼り紙が出た。

『怪盗ジャジャーンに盗られたもの、返します。互いの盗難品をばらされたくなかったら、静かに並んで、順番に行儀良く入りなさい。　紅邵可』

意気込んで結集していた大物政治家たちは、黙って、しずしずと邵可邸の門前に列をつくった。

積み上げた『手違い品』が、残り二つになったとき、邵可はやや冷たい目をした。

（『彼ら』で、最後か……）

その二人が入ってきたとき、今までとはまるで違う異様な空気がその場を支配した。

御史大夫・葵皇毅、及び『官吏殺し』陸清雅。

まるで背水の陣にのぞむがごときすさまじい威圧と眼光は、立っているだけでびびるほど怖い。

だが邵可は涼しい顔であっさりばらした。隣室で仕分けしていた楸瑛や迅にも聞こえるような声で。

「はーい、曜春くん、出してあげてください。清雅君にはカツラと女装道具一式の箱」

清雅はビシッと凍りついた。清雅が皇毅の顔を見られなかったのは、この時が初めてだった。

「……長官……誤解しないでくださいよ……俺は別に女装癖があったり頭皮に危険があるわけじゃなくて、御史として女装して内偵したほうが話が早く進むこともあるから仕方なく」

「別に何も訊いてない」

鼻であしらった皇毅も、次の大声には仰天した。

「はい、こちらの葵大夫には、毛糸の腹巻きの箱を差し上げてください」

「ちょっと待て！　人違いだ。私は別に毛糸の腹巻きを盗まれたわけじゃ――その目はなんだ清雅！」

曜春が申し訳なさそうに皇毅に箱をもってきた。

「すみません。糸が使えそうだったので、編み直してもらって、腹巻きにしちゃったんですー」

箱を開けた皇毅は沈黙した。

……形状はだいぶ変わっているが、この馴染《なじ》みのある糸は、確かに自分のものだった。

もとは膝掛けが半分にちぎれたもので何にも使えなかったが、今は綺麗に編み直されてちゃんと使用可能なものになっている。……腹巻きとしてではあったが。もともとゆえあってとっておいたものだ。

皇毅はいらんと突っ返すことはできなかった。

「毛糸の腹巻きも、女のコの衣裳も、すごーく綺麗になってますよー。なんたって、秀麗さんが繕ってくださったんですから。運が良かったですねー」

瞬間、皇毅と清雅はそろって箱を取り落とした。

二人の手に箱を戻してやりながら、邵可はダメ押しに冷たく笑った。――糸目をしっかり開いて。

「ご心配なく。娘は誰の物か知らないですから。うちの娘はお裁縫もとっても上手でしょう。ということで、怪盗ジャジャーンの件は握り潰してください。あと、三日後の催事に、各貴族の邸から消えたモロモロの物品が出品されるかもしれませんが、貴族たちから陳情が行ったとしても、黙殺をお願いします。調べたところ、全部闇市場からの盗品モノですから。良い機会ですので、売りさばいて真っ当な金《カネ》に戻して、あちこちに寄付させて頂きます」

皇毅と清雅に拒否権はなかった。

『陸清雅が怪盗ジャジャーンに女装一式を盗まれたんだって。あいつ、実はそんなシュミが……。それにカツラだって。可哀想にな……あの歳でもう頭皮があやうかったんだなあいつ……』

『葵長官が怪盗ジャジャーンに毛糸の腹巻きを盗まれたってホントかよ？　長官がいつもあんな渋い顔してたのは実はしぶり腹のせいだったんだな』

そんな噂が朝廷中に流れるくらいなら、黙殺でもなんでもしてやる――。

そうして二人はこの日の出来事を、人生の記憶から永久抹消したのだった。

隣室にいた迅と楸瑛は、なぜ邵可がジャジャーンの騒ぎを知りながら、沈黙を守ったかを察した。

（御史台のイチャモンで催事に横槍入ったり、後で寄付金『回収』しねぇように放置したな。あの二人の弱みを逆に握って脅して、口封じするとは……）

（……あと協力をしぶる貴族から、ためこんだ金品を一切合切吐かせるためだろうね……）

それもこれも、催事に奔走する王や娘のため。

あと、多分、日頃の娘の仕返しもあるのではないかと、二人はチラリと思った。

「……迅……邵可様……わざと私たちに聞こえるように言ったよね……」

「紅《こう》家当主って、すげぇな……」

手段を選ばないのも、ほどがある。


皇毅と清雅が帰った後、邵可が〝茶州の禿鷹〟を見れば、翔琳と曜春はしゅんとしていた。


二人は紫州《ししゅう》に遊びにきたとき、家から重い棚を引っ張り出そうとしているおばちゃんの手助けをしていて、蚤の市の話を聞いた。

そのとき『うちなんかでもこんなに不要品があるんだから、お金持ちならさぞや結構な不要品が家のいいいいいいいいいいいい奥でたんと眠ってるだろうにねぇ。誰か回収すればいいのに』と言ったので、ならばと、お金持ちの家々を回って、不要品回収に乗りだしたのであった。

邵可はしょげている二人の頭を、優しく撫でた。

「確かに、壊れたものでも不要品とは限らないし、使ってないからと勝手に持ち出すのは、いけない。あと、お腹がすいてたからって、人のつくったお菓子を勝手に食べてもだめだよ。でも、君たちのいいことしようって気持ちは、わかってるから」

邵可も、知っててギリギリまで二人を止めなかった罪悪感はあるので、強くは言えない。

「さ、元気出して。もう少しだから、頑張ろうね。きっとみんな、喜ぶよ。秀麗も頑張ってるしね」

――そのころ、町の集会所で、一時保管場所の邵可邸から次々運ばれてくる『不要品』の仕分けをしていた秀麗は、あるものを見かけて手を止めた。

近寄って、まじまじと見る。

……見間違いかと思ったが、間違いない。

（……桃色草紙既刊全三十二冊と特製レイカちゃん等身大美人画がこんなとこに……）

不要品で出てるということは、誰かが桃色愛読者を卒業したらしい。大人の階段をのぼった誰か。

タンタンもいつかは――秀麗はフッと笑った。

だが今は床《とこ》に臥《ふ》す蘇芳のために、催事に出さずに取り置きしてもらうことにした。中身が同じなら、別によかろう。……私も……今からジャジャーン追っかけなくて、すむし……。……脇役だし……。

……。……。

――怪盗ジャジャーンが幻の大怪盗として言い伝えられるのは、また別の話である。


「あ、いたいた、皇毅。やーっとつかまえた」

……邵可邸での悪夢の一夜から二日たち、催事が明日に迫った晩――。

池のほとりまでニヤニヤ追ってきた晏樹に、皇毅はついに観念した。箱を抱えて帰ってから、晏樹は笑う背後霊みたいに追っかけてきた。もう疲れた。

皇毅は苦りきった顔で、吹いていた笛から唇を離した。「なんだ」と訊けば、「ジャジャーン」とシャレにならない効果音で、両手をつきだしてきた。

見れば、毛糸の手袋がはまっている。

どこかで見た覚えが――と思い、気づいた。皇毅のもとではなぜか腹巻きに変わっていた、膝掛けのもう半分だ。昔、旺季からもらったのに晏樹と喧嘩して半分にちぎれ、旺季から大目玉を食らった。晏樹の性格ならとうの昔に捨てたと思っていたのに。

「お姫様に編み直してもらったんだ〜。羨《うらや》ましい？」

糸は古いが、しゃれた模様の手袋になっている。

これを見せびらかしたくて、二日間しつこく追い回していたらしい。ごく稀《まれ》に妙な可愛げがある。

「……よかったな」

目の前で腹巻きになる過程を見ていた晏樹は、皇毅が思ったより不機嫌にならなかったので、目論見《もくろみ》が外れてむぅっとした。実際皇毅は、使ってみるとなかなかいい感じのあの腹巻きをひそかに気に入っていた。実は手袋よりいいと思っている。

「なーんで、僕の方は盗ってかなかったんだろ」

失礼しちゃうよね、と機嫌を損ねたように言う。いいいいい大事なモノを盗む大怪盗。妙に不機嫌な晏樹。

皇毅は鼻で笑った。それは毛糸の塊じゃないし、消えた時は半狂乱で家出から帰ってきたくせに。

「……そういえば迅がおかしなことを言ってたな。旺季様が盗まれてたらどうしてました、とか」

「ハア？　明日の蚤の市、貴陽血祭りに変更だよ」

「だな。ところで晏樹、この二日、やけに若い官吏がもの言いたげに私を見るが、何か知ってるか？」

——『皇毅と清雅も実は桃色愛読者』という晏樹が流した噂が広がり、若手官吏らの心がぐっと近づいたせいであったが、無論晏樹はすっとぼけた。

「さあ？　明日の催事のことじゃない？　例のやつ、旺季様もすごく楽しみにしてたよ」

皇毅は鼻の頭をかいて、そうか、と言った。

「あと、僕もね」

手袋を見ながら、晏樹は素っ気なく付け加えた。

盗られないだけで、好きなものは結構あるのだ。

終幕

催事当日——。

ドン、ドドン……と催事の大砲花火が鳴る。

以前吹っ飛ばされた楸瑛と迅は、ビクッとした。

この三日間、彼らは旺季に散々こき使われたが、必要以上にやつれているのは、合間に血眼で『探しもの』をしていたからに他ならない。

「……『桃色香』だけが見つからなかったな……」

「ああ……王様の『秘密の箱』、ひっくり返しても、どこにも香なんてなかったよな……」

正確には、消えていたのは『桃色香』だけではなかった。兄公子ゆかりの品々は入っていたが、秀麗の使用済み衣裳や枕も見あたらなかった。

背後から突き刺さる父親・邵可の眼光に、楸瑛と迅はただ黙って、スカスカの箱を持ち帰った。

劉輝も、文句は言わなかった。

「『桃色香』……夢でもいいから、珠翠殿と……」

「そりゃ、俺の台詞だよ。俺だって――。はあ……」

喧嘩をする気もないほど、今の二人は心も足取りも重かった。豪華な掘り出し物で沸き返る蚤の市をはじめ、各家の趣向を凝らした出しもので歓声が上がる中、チラシを片手にあてどなく歩く。

「……来俊臣講演『あなたの知らない死後の世界～葬式支度は今から念入りに～』……」

「ご老人がいっぱいだ……。景柚梨殿は『囲碁教室』……まともだ！　『志美ちゃんの正しいお化粧教室』……女の子でものすごいあふれかえってる……」

「その隣の欧陽玉《おうようぎょく》の『出張・オシャレ鑑定団』も、すげぇ人だかりが……」

奥さんがうらぶれ旦那を引きずり出し、オシャレ男に大変身で超人気。『鑑定団』なのは、欧陽玉のみならず、欧陽《おうよう》一族が勢ぞろいしているからだ。

二人は欧陽玉を見て、フト遠い目をした。

あの晩――楸瑛と迅が知りたくもないのに知ってしまったものは多すぎた。

隣室で仕分けをしていた二人には、盗難品返却時の悲喜こもごもが勝手に丸聞こえであったのだ。

最後の御史台組もすごかったが、……実はそれさえかすむ最凶の修羅場が一幕あった。

それは、欧陽玉と欧陽純《じゅん》、楊修《ようしゅう》が、連れだって盗難品を返してもらいにきたときのことだった。

『玉のコテ』は歌梨が勝手に拝借したまま、持ち歩いてここにはないと聞いた欧陽玉は、カンカンに怒っていた。〝カメにのって竜宮城〟欧陽純も、妻子には会えなかったが、竜宮城からは帰ってきた。

そして不幸は楊修のメガネで起こった。

眼鏡は凜の修理で綺麗に直っていたが、最後の調節で凜が楊修の耳に掛けたり外したりしていた。

美人に眼鏡を掛け外ししてもらうのは、眼鏡男の特権だが――そのときであった。

『間男ジャン！　私の凜を返しなさいっっ!!　決闘です！　ババ抜きでもフン転がしでもゴボウ抜きでも受けて立ちますよ!!　断固許すまじッ!!』

なんと血走った目の暗黒尚書令が、杖《つえ》を打ち鳴らして乱入してきたのだ。

「落ち着け悠舜！　順番はまだだ！」「しかもなんかいろいろ間違っているぞっ」という黎深と奇人の声も、つづく悠舜の怒りの声にかき消された。


『――凜!!　くっ――その男がジャンですね!?』

若さとは愚かさである。見なければいいものを、楸瑛と迅は好奇心に負けて、つい、のぞいてしまった。凜は怪訝《けげん》そうに夫をじろじろ眺めていた。

『ジャンて……旦那様もご存じの、楊修様ですが』

『最近出仕してないと思ったら、そういうことですか、ジャン！　眼鏡を外して、いったい何を！』

『眼鏡の修理ですよ。もう終わりました』

『わかってます、凜！　君を責めはしません。遅れて決闘にのぞんだら、待ちくたびれたジャンを背後から斬れて、むしろよいのです。菓子折を放置した私が悪いのです！　でも離婚はしません！』

何から何まで意味がわからない。

血迷った尚書令は、今度はボタボタッと悔しげに泣き始めた。これには誰もが驚いた。

『いつも念仏の私と一緒にいるより、どっかの若いだけが取り柄の馬の骨と一緒になったほうが君の幸せかもしれません……トカナントカいって、しおしお身を退《ひ》いて君を譲る気なんて、全然ありませんからね!! まずは全国メガネ禁止令で地味に困らせ、仕事を増やし、あと何しよう。妻に嫌われない嫌がらせはないものか。世界が愛であふれたら、きっと馬鹿しかいないのです。とにかくいかなる手を使ってでも法にハメ、牢屋《ろうや》にヤツを——』

二人の友人が血相をかえて止めに入り、悠舜は視界から消えてしまったが、羽交い締めにするような物音が聞こえてきた。

楊修と欧陽玉は、いつの間にか消えていた。

さすが三〇世代の双翼——。自ら見てはいけないモノを見た、愚かな二人とは格が違う。楊修と欧陽玉が出世してきた理由が、垣間見えた気がした。

またひとつ……見てはいけないものを見てしまったな……二人は遠い目をして、仕分けに戻った。

悠舜は徹夜続きがたたって、あのあとすぐ高熱と疲労と睡眠不足でバッタリ倒れた。この日のことはサッパリ覚えてないというが、なぜか以後、楊修と欧陽玉は妙に厄介な激務の任官地ばかり飛ばされることになるのだが——それはまた別の話である。

ドドン、という花火の音に、三日前の過去を遠く振り返っていた迅と楸瑛は、我に返った。

暗黒尚書令を思い出し、楸瑛はぽつりと呟いた。

「……世界に愛があふれたら、きっと馬鹿しかいなくなるって、名言だよね……」

迅は賢明にも無言をつらぬいた。口に出すがゆえに楸瑛は出世できず、迅は出世するのであった。

「見ろよ……うーさまの『人生相談室』、癒しを求める疲れた中年オッサンで大行列だぜ……」

未来の自分どころか、現在の姿と重なる。この若さで、二人はすでに社会と上司に疲れていた。

「ああ……見てるだけで癒されるね……。でもなんで『恋占い』じゃないんだろう」

「あまりにも残酷に的中するからマズイってよ……」

「…………。あ、これいい。管飛翔殿の『銘酒百選利き酒できます』。これ行きたいなー」

今の二人には当たりすぎる恋占いなどお呼びでない。人生には希望が必要なのだ。

「そういや楸瑛、『典雅一武闘会』さ……あれでいいのか？　あれ、王様出てどうすんだ？」

「……いや、私もいつのまにああなったんだか……」

王の提案『典雅一武闘会』も開催が決定されたのだが、蓋《ふた》を開けてみれば、なんだかおかしなことになっていた。武術大会だったはずなのだが――。

「……志美ちゃんとか、欧陽玉もオシャレして出場して、舞ったりシャナリシャナリ歩き回ったりして、順当に勝ち抜いてるよな……。絶対あのおかしな大会名のせいだっつーの……」

「……最初の名前よりは百倍マシだと思って……」

なぜかいろんな人がごった煮で出場し、歌って踊って生け花したり、書や詩やお作法やら、おのおの自慢の典雅さを勝手に披露する大会になっていた。

『武闘会』ということで、武人たちも多数出場登録していたが、勇んで登場してみれば、敵が突然べべんと琵琶《びわ》を弾きまくる琵琶法師だったりするので、動揺し、焦り、立ち尽くし、たいてい負けている。

動じず、サッとあざやかな剣舞を披露し、満場の拍手喝采を浴びたのは、右羽林軍将軍の皇子竜《こうしりゅう》だ。

「……うちの主上、そんなんになってると全然知らずに、張り切って剣磨いてたな……」

「お前……言ってやれよ……かわいそうだろ……」

張り切って登場し、アレッ？　とうろたえる様が目に見えるようだ。

紅家は『赤兎馬で遠乗り』の他に、一般向けとして〝茶州の禿鷹〟が提案した『百合姫とおしるこでおしゃべり券・限定三枚（事業・経営相談可）』を発売した。収益は寄付だが、百合は『そんなんでお金とっていいの？？？』と悩み、一応旦那に相談しようと待っていたが、ずっと帰ってこなかったので、まあいいか、と旦那が帰宅した時には引き受け済みであった。そして息子絳攸は、自分に相談がなかったことにひどく落ちこんだ。

おしるこ券は、発売した瞬間売り切れた。

中に仮面の人がいるかは、誰にもわからない。

「……で、楸瑛……、藍家の出しものをかえるのに、あの方にどんだけ金を積んだ？」

「………。いいか、迅。世の中には、金にはかえられない大事なことがあるんだ」

その通りだが、一般の意味とは一八〇度違う。

「――どんだけ葵長官に大金を積んだんだお前！でないとあの方が代打で『龍笛独演会』なんてやるわきゃねーだろ！　お前タマシイ片っ端から売ったろ!?　泣いて土下座とかしたろ!?　山ほど金の饅頭《まんじゆう》とか延べ棒とか積み上げたろ!?」

「うるさい！　私は藍家の男だ！　金やタマシイや良心を売っ払っても、守るべきものがあるんだ!!」

あの冷血長官が『龍笛独演会』――。

その時、朝廷中に凄《すさ》まじい衝撃が走った。

会場は満員御礼。鳥肌がたつほどうまい龍笛独奏に、一般聴衆はうっとりと聞き惚《ほ》れたが、朝廷官吏たちはといえば、美しい音色の裏で一体どんな仄暗《ほのぐら》く汚れた闇取引があったのかを思い、ゾッとした。

特に、秀麗と蘇芳はがくがく震えながら聴いた。

「おま、お前……訊くぞ！　まさか『盗難品』を盾に皇毅様を脅したんじゃないだろうな!?」

「お前、どんだけ私をバカ殿だと思ってるんだ!?　そんなのができるのは邵可様くらいだよ！」

救われた――迅はへなへなと気が遠くなった。

腹巻き疑惑を盾に脅しにかかったりしたら、藍家と御史台で全面百年戦争に突入したに違いない。

（あの慌てんぼうの楸瑛が……！　くっ、涙で前が見えん。てことは……本当にシャレにならん額を積んだな……。泣いて土下座しても引き受けるわきゃないが、礼金積まれたら話は別だからな……）

金のない旺季のために、晏樹と皇毅は金に汚い。

そしてそれを証すように、楸瑛はどれだけ金を積んだか、口が裂けても言わなかったのだった。

ブラブラと見物していた二人だが、ついに覚悟を決めたように、そろって足を止めた。

二人とも、相手が何を考えているか、手にとるようにわかっていた。長い付き合いなのだ。

「……楸瑛……俺…ちょっと別んとこ行くわ……」

「……ああ。私も……行ってくる……」

そうして二人は妙に暗い顔をして、トボトボと別々の方向に別れた。


迅は紅家割り当ての広場で、十三姫を見つけた。

一人でぽつりと柵の外に寄りかかり、赤兎馬をじいっと見つめている。多分、もうずっと前から、そうやって眺めていたはずだ。

「……おい、蛍《ほたる》」

「迅？　何よ。あたしの前に顔出すなって――」

「――やる」

ずい、と鼻先につきつけられた券に、十三姫は面食らった。それが自分がなくした『玄人限定・二人で赤兎馬遠乗り券』だとわかると、目を丸くした。

せっかく邵可邸で見つけたのに、ついに処分できなかった『仲良し乗馬券』を迅は恨めしげに見た。

蛍が本当に楽しみにしていたのがわかるがゆえに闇に葬れず、結局ずっと持ち歩いてここまできてしまったのであった。しかしさすがに「行きたいやつと行けば」とまでは、言えなかった。

蛍が券をとったら、利き酒にでもいこう。

（……ハア。俺、頭脳型で、楸瑛みたいなお人好しじゃねーはずなんだけどなあ）

ややあって、券が引き抜かれた。

迅はとっとと立ち去ろうとした。が。

「ま、まあ、仕方ないわね！　赤兎馬だし！　玄人限定だし。相手があんたでもいいわ」

「……よかったな……。じゃあな……。うん？」

相手があんたでもいいわ？

嬉しげに赤兎馬と券を見比べる十三姫は、早く乗りたいとばかりにそわそわしている。

「それにしても迅、よくこの券とれたわね。あたしがとったとき、残り三枚だったのよ」

迅はハッとした。どうやら、『盗まれた自分の券が返ってきた』のではなく、『迅が〝赤兎馬で遠乗り〟に誘いにきた』と思っているらしい。

「あ～～～！　あきらめてたから、もうすっごい嬉しい!!　ありがとね、迅。あたし、絶対あの馬《コ》！　誰かにとられないうちに、早くってば！　相手があんたなら、遠慮なく走らせるわよ～！」

迅は頭をかいた。

ジャジャーンを追って散々な目に遭ったが――。

るんるん飛びはねて喜ぶ蛍のあとを、迅は隻眼でちょっと笑って、ゆっくりついていった。


珠翠はおそるおそる、出店の陰に隠れて首を出した。死刑宣告はきっとこんな気持ち。

（た、確か、あの『日用雑貨』に私の雑巾が――）

一生懸命縫ったので、怪盗ジャジャーンに盗まれたときは憤慨したが、北斗《ほくと》兄の育てた二人の子供たちと知って、頑張る彼らのために協力を申しでた。のだが、玉砕した。ダメな女だ。

それでもあの雑巾を売りたいと、翔琳と曜春がお店に並べてくれることになっている。

（い、一枚も売れてなかったら、どうしよう！）

そのときは、自腹をきって全部購入する覚悟で、財布を握りしめてここまできた。

行ったりきたり、一人でうろつく美女に声をかける軟派《ナンパ》男は山ほどいたが、珠翠は完全無視だった。

腹を決めて、日用雑貨店を見る。

翔琳と曜春が元気いっぱいに売り子をしているのが見えた。だが、雑巾は一枚も置かれてない。

珠翠は衝撃を受けた。

（まっ、ま、まさか！『売り物にもならない』って思われて、闇に葬られた――⁉）

一度後ろ向き思考に陥ると、どこまでも後ろ向きに走りつづける女――珠翠。

すると、翔琳と曜春が珠翠を見つけて手を振った。

「おっ。珠翠殿ではないか！　見にきてくれたのか。ぜひ話したいことがあったのだ」

見つかった以上、よろめきでるほかはない。

ああ、どうして私、得意技が暗殺なの――。

「……あっ、は、話。わ、わかってるの。いいの、仕方ないわよね。私の――」

「珠翠殿の雑巾、全部売れてしまったぞ！」

「ねぇ！　ご協力、ありがとうございます～！」

珠翠は聞き間違いかと思った。

「通りすがりの人が、雑巾を見るなり立ち止まって、まじまじ見て、そっくり買ってかれて」

「ええ!?　百枚くらいあったのに！　誰、その方《かた》!?　ぜひお礼を！　お茶をご一緒に！」

邵可と違って、自分の裁縫下手を重々承知している珠翠は、心の底から感動した。

翔琳と曜春はふと通りの先を見て、指差した。

「そうそう、あの男だ、珠翠殿。声をかけて、お茶をしてやるといいと思う」

そこには、やはり迅と同じ理由で、どうしても処分できなかった『甘味屋特別招待券』を珠翠に返そうと、トボトボ歩いてくる楸瑛の姿があった。


「あ、燕青《えんせい》、こっちこっち。力仕事、お疲れさま」

燕青は欠伸《あくび》をしながら、のぼりや提灯《ちょうちん》の下をくぐり抜けて秀麗の傍までくると、首を巡らした。

「あれ？　……静蘭は？　きてねぇの？」

「それが、三日前から室に引きこもってるのよ。翔琳君と曜春君から『静蘭殿に』って預かった箱を渡したら、その場で開けて……何かすごい衝撃受けちゃって。それっきりご飯の時も出てこないの」

もしやあの箱には桃色草紙とレイカちゃんが――と疑う今日この頃。読みふけっていたらどうしよう。

「はあ？　ずっと家にも帰ってこなかったし、何やってんだ。おかげで俺一人で地味に疲れたぜ……」

邵可の頼みで、翔琳と曜春の護衛を引き受けたはいいものの、待てといっても毎晩全速力でぶっちぎり、出番もないのにさんざん苦労した。

「仕事は終わったし……誰か合流するまで、二人で見て回るか。姫さんもろくに見てねぇだろ？」

「そうなの。葵長官の笛、もう一回聴きたいわー」

秀麗は一息つけた気分で、一緒に歩き始めた。

「俺も。最後の琴合奏は綺麗だったなぁ。葵長官の仰天顔だと、旺季サン絶対勝手に飛び入りだぜ」

祭り囃子《ばやし》をぬって、秀麗は思い出し笑いした。

夢のような妙なる音色が、まだ耳に響くよう。

「特設舞台の次の回は……龍蓮の『心の友らで笑劇場』珀明《はくめい》と影月《えいげつ》……大変だな。ぷぷっ」

三人のボケとツッコミが絶妙で、意外と人気。

奇人の仮面が並ぶ屋台を見つけ、二人は謎《ナゾ》に思いながら通り過ぎる。なぜテキ屋に彼のお面が……。

ふと、秀麗は本当に夢の中をそぞろ歩いてる気がした。にぎやぐ囃子と人混み。狐面をかぶった誰か。無数の灯籠の向こう。誰がいてもおかしくない。

そんな不思議な、夢の狭間《はざま》にいるみたいで。

「夢……あ、そうだ燕青、前にくれた桃色のお香、ありがとね。昨日使ったら、ぐっすり眠れたわ」

「姫さんも？　俺も。あれ、翔琳が箱から落として割ったやつでさ。俺も昨夜《ゆうべ》、疲れすぎて眠れなくて残りの使ったんだ。なーんか、いい夢見たわ」

「あっ私も！　きいてきいて。もー最高だったわ。彩雲国の女王になって、びしばし仕事する夢！」

そこでは紫《し》劉輝は何をしているのだろう……。

燕青はそう思ったが、訊きはしなかった。

「俺は姫さんと一緒に国中旅して『牛肉食い放題』で『藍州食い倒れ』で『猪鍋《ししなべ》祭り』で」

「食べてばっかじゃないの！」

実はつづきがあったが、燕青はちょっと笑って、言わなかった。なんだか本当にいい夢を見た。

見たい夢というものがあったら、あんな夢であったかもしれない。

秀麗ももののほしげに蚤の市のほうを見て、あの桃色のお香が売ってないかという顔をしている。

その時、鼻先に、微かな香の匂いがした。

昨夜の香と同じ匂い。振り向いても、香も匂いもどこにもない。ほんの一瞬だけの幻のように。

どこかで、誰かがたいているのかしら。

きっと、どこかとても遠く、遠く。

秀麗は不思議な微笑みを浮かべた。

……もうすぐ、みんなもくる。

お祭り騒ぎだ。楽しもう。

あるはずのない夢のようなひとときを。

「ねぇ燕青、このお話も、誰かの見た、最後の夢のようなものだったりするのかしら、ね」

彩雲国を愛してくださった、
すべての方へ。

Thank You For Reading
Good-Bye

—— ***Sai Yukino***

さて 突然《とつぜん》ですが こんな指令《しれい》が 届《とど》きました
題《だい》して『劉輝様《りゅうきさま》と秀麗殿《しゅうれいどの》の結婚生活《けっこんせいかつ》を語《かた》れ！』です
彩雲国物語《さいうんこくものがたり》 外伝
王様の結婚生活(仮)
…誰《だれ》が そんなものを？
聞《き》かないで 下《くだ》さい
語《かた》れ…と 言《い》われてもねぇ 現段階《げんだんかい》でいつ結婚《けっこん》に こぎつけられるかも わからないし

由羅カイリ

ヒラ
何《なに》を話《はな》しているんだい？
晏樹《あんじゅ》
やあ
どこかで花見《はなみ》でもしてきたんですか？
顔《かお》に桃《もも》の花《はな》びらが…
え？
しっかり者のスキを見つけたみたいで
女性《じょせい》ならなかなか艶《つや》めいた風情《ふぜい》ですがね
常春め
へえ
じゃあ このままブラブラしていたら流行《はや》るかな
〝梅化粧《うめげしょう》〟みたいに
なんですか？ それは
とある時代《じだい》のある公主《こうしゅ》が舞《ま》い落《お》ちる梅花《ばいか》の下《した》でうたた寝《ね》をして——
目《め》を覚《さ》ました公主《こうしゅ》の額《ひたい》には五弁《ごべん》の梅《うめ》の花《はな》びらが痣《あざ》のように色《いろ》を残《のこ》し三日《みっか》の間《あいだ》消《き》えず
それは奇《き》として美《うつく》しく評判《ひょうばん》となった

宮中《きゅうちゅう》の女《おんな》たちは これに倣《なら》い 額《ひたい》の花《はな》びらをかたどった 化粧《けしょう》を施《ほどこ》したという
フン くだらん
けなげじゃ ないか かわいい女心《おんなごころ》さ
もうひとつ おもしろい話《はなし》が あるじゃない
ある王《おう》と妃《きさき》の 物語《ものがたり》
とある時代《じだい》 王《おう》とお妃《きさき》が おりました
若《わか》き王《おう》は こよなく妃《きさき》を愛《あい》し 二人《ふたり》は幸《しあわ》せに 暮《く》らしていたのですが
…ちょっと 我《わ》が君《きみ》
はーっ
何《なん》だ? 妃《きさき》よ
ニコ ニコ

毎日毎日《まいにちまいにち》後宮《こうきゅう》にいる時間《じかん》長《なが》くない?
ちゃんと政事《まつりごと》はしてるんでしょうね
大丈夫《だいじょうぶ》だ 余《よ》には優秀《ゆうしゅう》な臣下《ブレーン》がついておる
そういう問題《もんだい》じゃないんだけど
それに そなたと話《はな》していると良《よ》い政策《せいさく》をひらめく気《き》がするのだ
ぴと
そうなの?
主上《しゅじょう》は本当《ほんとう》にお妃《きさき》さまをご寵愛《ちょうあい》なのね
うらやましいですわ
そうだ 妃《きさき》よ また二胡《にこ》を弾《ひ》いてほしいのだ
え? さっき弾《ひ》いたばかりじゃない
いいのだ さあ
ぶん

ガッ
痛《いた》っ…
すっ すまぬ
あーもう・・あとになったらどうするのよ
大丈夫《だいじょうぶ》だ 余《よ》が直々《じきじき》に調合《ちょうごう》した膏薬《こうやく》をぬれば
さっ
え？ 遠慮《えんりょ》するわよ
薬師《くすし》を呼《よ》んで！
珠翠 珠翠ーっ
よいのだ 余《よ》にまかせよ
誰《だれ》より そなたを愛《あい》している 余《よ》を信《しん》じよ！
…主上《しゅじょう》

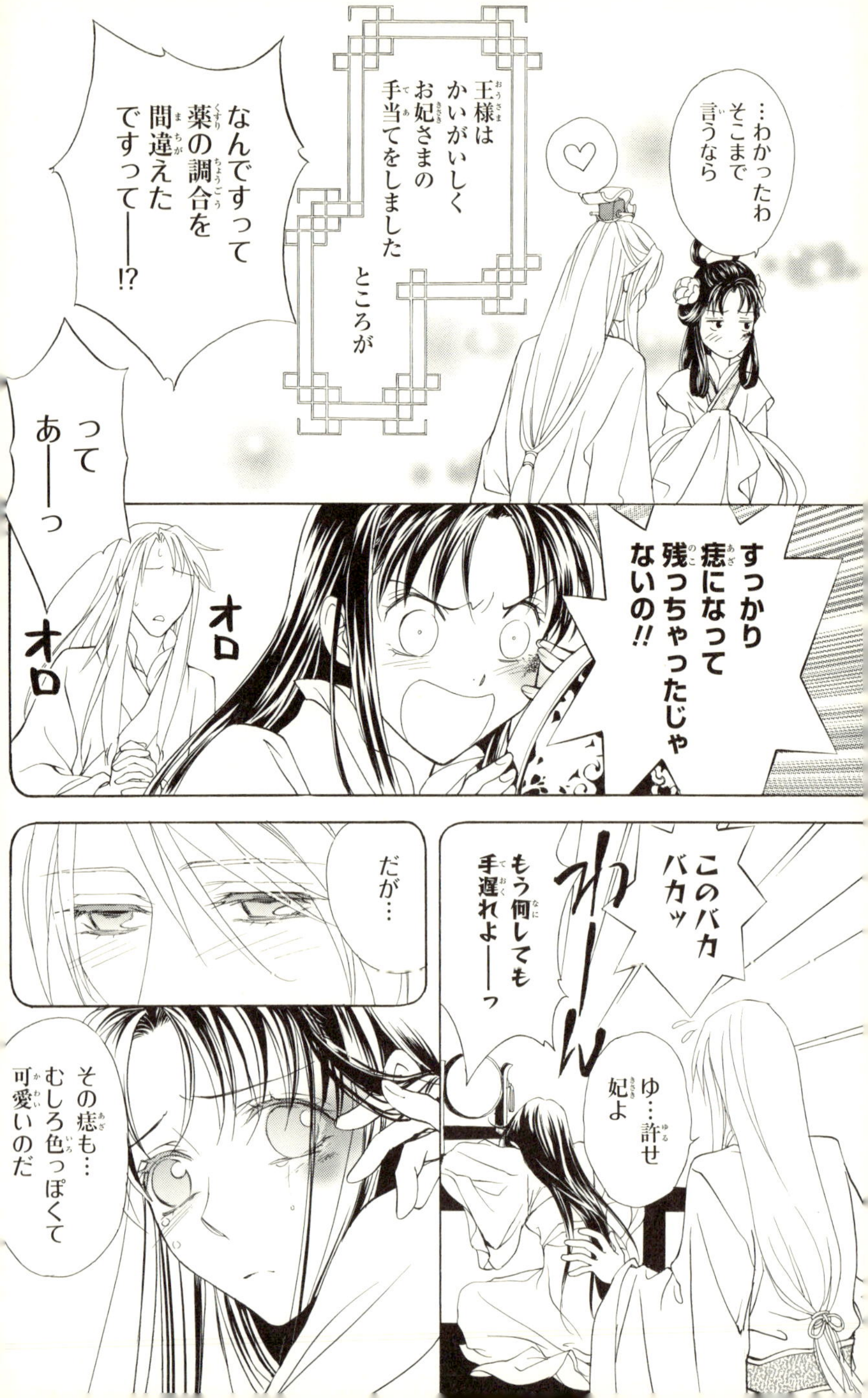
…わかったわ そこまで言《い》うなら
♡
王様《おうさま》はかいがいしくお妃《きさき》さまの手当《てあ》てをしました
ところが
なんですって薬《くすり》の調合《ちょうごう》を間違《まちが》えたですって――!?
ってあ――っ
すっかり痣《あざ》になって残《のこ》っちゃったじゃないの!!
オロ
オロ
このバカバカッ
もう何《なに》しても手遅《ておく》れよ――っ
ゆ…許《ゆる》せ妃《きさき》よ
だが…
その痣《あざ》も…むしろ色《いろ》っぽくて可愛《かわい》いのだ

なに勝手《かって》なこと言《い》ってんのよ
このバカ王《おう》──っ
王様《おうさま》のお妃《きさき》さまへの寵愛《ちょうあい》はいっそう深《ふか》まり宮中《きゅうちゅう》の女《おんな》たちはこぞってその痣《あざ》を真似《まね》て化粧《けしょう》を施《ほどこ》したという
うわーっ
ナチュラルに劉輝様《りゅうきさま》と秀麗殿《しゅうれいどの》で想像《そうぞう》しちゃったよ
………
ガクッ
バカな王《おう》はいつの時代《じだい》にもいるのか…
私《わたし》たちの答《こた》えは出《で》たようですね
結論《けつろん》
結婚《けっこん》しても今《いま》とあまり変《か》わらない？

お題《だい》『劉輝《りゅうき》と秀麗《しゅうれい》の結婚生活《けっこんせいかつ》について語《かた》れ！』
なんだソレ…
………
…結婚生活《けっこんせいかつ》ってアレか？
おかえりなさいあなた
ほわん

ごはんにする？
お風呂《ふろ》にする？
お酒《さけ》の用意《ようい》も しちゃうわね
それとも…
ポッ
バコン
黙《だま》れ コメツキ バッタ
庶民《しょみん》を基準《きじゅん》に するな 相手《あいて》は王《おう》だぞ
イテテ
あっ そっか えーっと
それじゃ
ただいま ーーっ
ほわわ〜

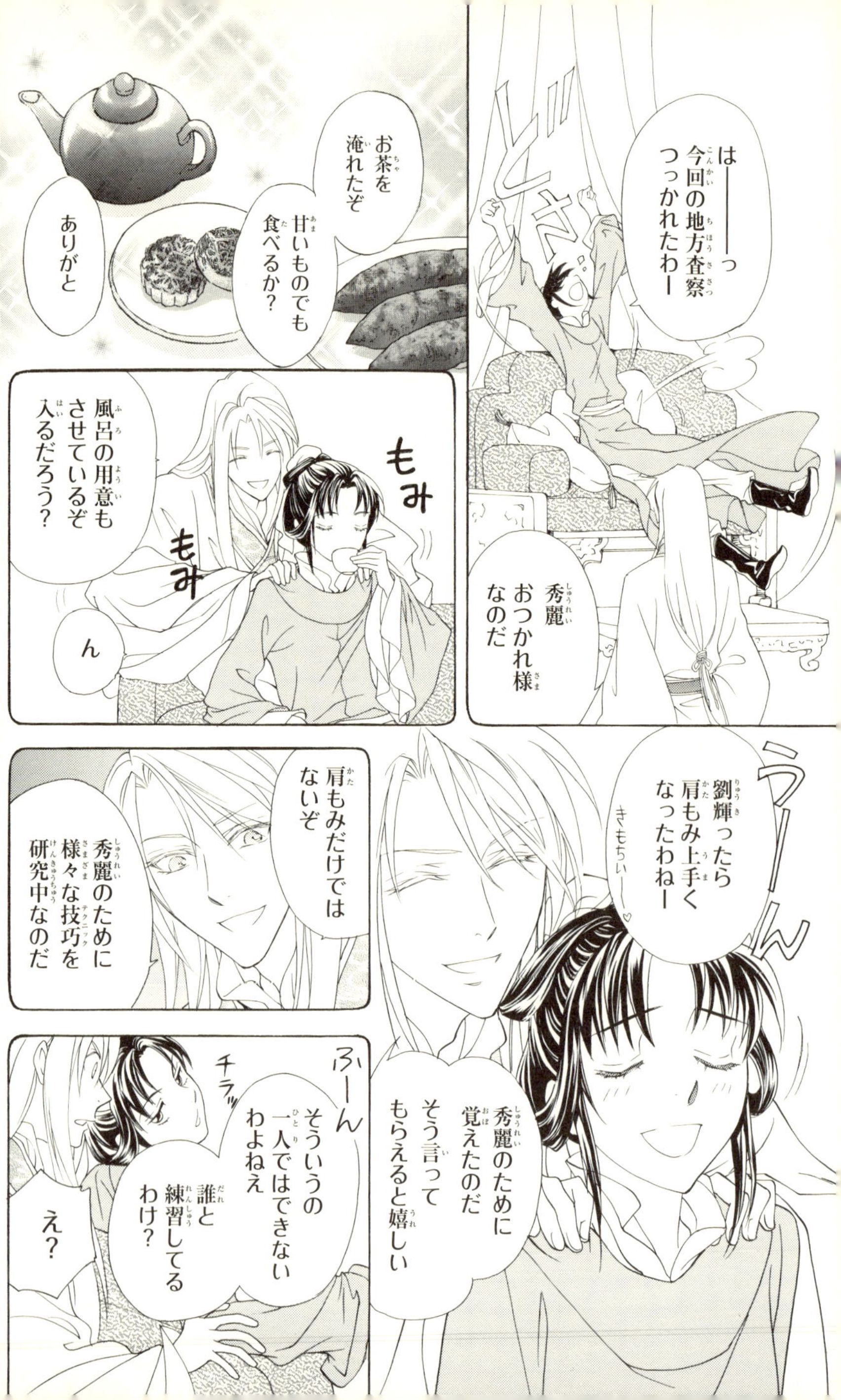
どさっ
は———っ 今回《こんかい》の地方査察《ちほうささつ》つっかれたわー
秀麗《しゅうれい》 おつかれ様《さま》なのだ
お茶《ちゃ》を淹《い》れたぞ
甘《あま》いものでも食《た》べるか？
ありがと
もみ
もみ
風呂《ふろ》の用意《ようい》もさせているぞ 入《はい》るだろう？
ん
うーん
劉輝《りゅうき》ったら肩《かた》もみ上手《うま》くなったわねー
きもちい〜♡
秀麗《しゅうれい》のために覚《おぼ》えたのだ
そう言《い》ってもらえると嬉《うれ》しい
肩《かた》もみだけではないぞ
秀麗《しゅうれい》のために様々《さまざま》な技巧《テクニック》を研究中《けんきゅうちゅう》なのだ
ふーん
そういうの一人《ひとり》ではできないわよねえ
誰《だれ》と練習《れんしゅう》してるわけ？
チラッ
え？

何《なに》か誤解《ごかい》しているか？秀麗《しゅうれい》
余《よ》は身《み》を慎《つつし》んで留守《るす》を守《まも》っているのだぞ
いいのよ別《べつ》に言《い》い訳《わけ》しなくても
秀麗《しゅうれい》〜〜〜
なーんてな
それのどこが彩雲国国王《さいうんこくこくおう》の結婚生活《けっこんせいかつ》なんだ…？
ただの遠距離《えんきょり》恋愛《れんあい》カップルじゃないか
想像力《そうぞうりょく》が貧困《ひんこん》すぎて言葉《ことば》もない
ムカッ
しかたねーだろ！俺《おれ》はささやかな幸《しあわ》せを夢見《ゆめみ》る庶民《しょみん》だぞ王様《おうさま》の生活《せいかつ》なんぞ知《し》るかよッ
だいたい庶民はかーちゃんの方が働き者なんだぜ
結論《けつろん》
けっこういい線《せん》いってるかもしれない
あ、さては二人《ふたり》の生活《せいかつ》に自分《じぶん》が入《はい》ってないのが気《き》に入《い》らないのか！そうなんだろーっ
知《し》るか

お題《だい》
以下同文《いかどうぶん》——
なんだこれは——ッ
誰《だれ》だ！
こんなお題《だい》を出《だ》した奴《やつ》は
見《み》つけ出《だ》して八《や》つ裂《ざ》きにしてくれる〜〜〜!!
いいじゃないか想像《そうぞう》してみるくらい
バイトとはいえ一度《いちど》は後宮《こうきゅう》に入《はい》ってたわけだし
紅家《こうけ》の姫《ひめ》として王《おう》との縁組《えんぐ》みはありえない話《はなし》じゃないですしね
秀麗《しゅうれい》は嫁《よめ》になど出《だ》しません！

それ…私《わたし》の台詞《せりふ》じゃないかな?
兄上《あにうえ》は甘《あま》いんです あんな鼻《はな》タレ男《おとこ》 秀麗《しゅうれい》が苦労《くろう》するだけですよ
あまつさえ バカ王《おう》の子《こ》を産《う》むことになったら不憫《ふびん》すぎます
その時《とき》は紅家《こうけ》の力《ちから》を強《つよ》めることができます
尚書令《しょうしょれい》第《だい》10条《じょう》において外戚《がいせき》の政治《せいじ》介入《かいにゅう》は禁止《きんし》されていますが建前上《たてまえじょう》のことにすぎません
建前《たてまえ》にする気《き》まんまんだね
玖琅《くろう》 おまえは何故《なにゆえ》そんなに冷静《れいせい》なんだ…
兄上《あにうえ》 こいつはこういう冷《つめ》たい奴《やつ》なんですよ
兄上《あにうえ》のことも秀麗《しゅうれい》のこともこれっぽっちも愛《あい》してません!
……

黎《れい》兄上《あにうえ》が主上《しゅじょう》の子《こ》を愛《いと》しいと思《おも》えないのはわかります
その子《こ》が秀麗《しゅうれい》そっくりでも？
あたりまえだ あの鼻《はな》タレの子《こ》など愛《あい》せるか！
ピク
なに？
秀麗《しゅうれい》にそっくりな子供《こども》？
兄上《あにうえ》に？
あまつさえ隔世遺伝《かくせいいでん》で兄上《あにうえ》そっくりな子《こ》が産《う》まれるかもしれませんね
おじさま
きゃっ
きゃっ
きゃっ
黎《れい》兄上《あにうえ》は大叔父《おおおじ》としてその子《こ》を愛《あい》せませんか？
大《おお》おじさま
あはは
うふふ

おじ…
おお…おじ
おお…
おじ…さん
玖琅《くろう》…
君《きみ》…
なんです？
いや
もしこれで
劉輝様《りゅうきさま》似の子《こ》が
産《う》まれたら
どうするんだろう…ね
邵兄上《しょうあにうえ》
ん？
その時《とき》は
兄上《あにうえ》も
お祖父様《じいさま》と
なりますね
おめでとう
ございます
ブフッ
ゲホ
ゴホ
お…おじ…い
孫《まご》の相手《あいて》をしながら
のんびりお茶《ちゃ》を
飲《の》み、本《ほん》を読《よ》んで…
あまり今《いま》と
変《か》わりませんが
世間《せけん》の目《め》はずっと
やさしくなりますよ
どうぞ
おじいちゃん
だから

「王様の結婚生活(仮)」／おわり

初出

◆イラスト

P1「彩なす夢のおわり」口絵　2012年9月／P3「彩なす夢のおわり」カバーイラスト　2012年9月／P4～5「月刊ASUKA9月号」扉　2009年7月／P6「ビーンズエースVol.19」表紙　2009年4月／P7「黄粱の夢」カバーイラスト　2009年5月／P8～9「ザ・ビーンズVol.13」ピンナップ　2009年7月／P10「ザ・ビーンズVol.12」表紙　2009年1月／P11「彩雲国物語大感謝祭」イベント用メインビジュアル　2010年12月／P12「ビーンズエースVol.21」扉　2009年10月／P13「ザ・ビーンズVol.14」付録　2010年1月／P14～15「紫闇の玉座」カバーイラスト（上巻）2011年6月・（下巻）7月

◆怪盗ジャジャーンを追え! 改!!　ファンブックスペシャル

アニメ　彩雲国物語　第2シリーズDVD　第四巻～第十三巻《初回限定版特典》書き下ろし連続ミニ小説「怪盗ジャジャーンを追え!」2007年12月～2008年9月（大幅改稿）

◆王様の結婚生活（仮）　描きおろし

プロフィール

雪乃紗衣

1月26日生まれ。2002年第1回ビーンズ小説賞の読者賞・奨励賞をダブル受賞。2003年「彩雲国物語　はじまりの風は紅く」でデビュー。

〈 彩雲国物語シリーズ刊行リスト 〉

◆角川ビーンズ文庫

はじまりの風は紅く……2003年 11月
黄金の約束……2004年 3月
花は紫宮に咲く……2004年 8月
想いは遙かなる茶都へ……2004年 10月
漆黒の月の宴……2005年 3月
欠けゆく白銀の砂時計……2005年 8月
心は藍よりも深く……2005年 10月
光降る碧の大地……2006年 2月
紅梅は夜に香る……2006年 9月
緑風は刃のごとく……2006年 10月
青嵐にゆれる月草……2007年 4月
白虹は天をめざす……2007年 9月
黎明に琥珀はきらめく……2008年 5月
黒蝶は檻にとらわれる……2008年 12月
暗き黄昏の宮……2009年 12月
蒼き迷宮の巫女……2010年 4月
紫闇の玉座（上）……2011年 6月
紫闇の玉座（下）……2011年 7月

［外伝］

朱にまじわれば紅……2005年 5月
藍より出でて青……2006年 4月
隣の百合は白……2007年 11月
黄粱の夢……2009年 5月

◆角川文庫

一、はじまりの風は紅く……2011年 10月
二、黄金の約束……2011年 11月
三、花は紫宮に咲く……2011年 12月

◆単行本

彩雲国秘抄　骸骨を乞う……2012年 3月

由羅カイリ

1月16日生まれ。「彩雲国物語」のキャラクターデザイン、イラスト、漫画を担当。

〈 彩雲国物語コミックス（イラスト集）刊行リスト 〉

◆コミックス／ASUKA COMICS DX

第1巻……2006年 6月
第2巻……2007年 6月
第3巻……2008年 5月
第4巻……2009年 2月
第5巻……2010年 1月
第6巻……2010年 10月
第7巻……2011年 3月
第8巻……2011年 10月
第9巻……2012年 4月

◆イラスト集

彩雲国物語 イラスト集……2009年 3月

彩雲国物語《さいうんこくものがたり》

彩《あや》なす夢《ゆめ》のおわり

原作 雪乃紗衣《ゆきのさい》 イラスト・漫画 由羅《ゆら》カイリ

2012年9月29日 初版発行

発行者 井上伸一郎

発行 株式会社 角川書店
〒102-8078 東京都千代田区富士見2-13-3
編集 TEL:03-3238-8567

発売 株式会社 角川グループパブリッシング
〒102-8177 東京都千代田区富士見2-13-3
営業 TEL:03-3238-8521

装丁・本文デザイン 前山陽子

取材・文 埖田はるよ 田端しづか

写真 疋田千里

ヘアメイク 豊田千恵(e-mu)

編集 ビジュアルブック編集部:梶井斉 野村美香

協力 ビーンズ文庫編集部/あすか編集部/彩雲国広報局
株式会社総合ビジョン/株式会社フロンティアワークス/株式会社マリン・エンタテインメント
アーツビジョン/青二プロダクション/アクセルワン/アトミックモンキー
アミュレート/俳協/MAGES.(順不同)

印刷・製本 大日本印刷株式会社

2012 KADOKAWA SHOTEN, Printed in JAPAN
ISBN978-4-04-110215-2 C0093

http://www.kadokawa.co.jp/